在轉角，爲愛朗讀

吳錦發

推薦序

感性與韌性

——一個小說家對詩的熱情

醫生．詩人　鄭烱明

從前文友聚會的時候，常聽到寫小說的說他不懂詩或很少讀詩。我聽了，內心總有一個疑問。不寫詩還可以解釋，但不讀詩我就覺得很奇怪。葉石濤也說過「不懂詩」的話，也許詩人常成群結黨，如果有所批評，怕惹不起吧。

不過，葉石濤和陳千武兩位前輩，在《文學界》第一集（一九八二）的專輯「剖視鄭烱明的詩世界」的對話，卻非常精彩。我終於明白，小說家說「不懂詩」，其實是客氣話。海德格（一八八九～一九七六）不是說過：「要研究語言的存在，就必須從純粹的語言著手，譬如詩歌」。他的另一句名言「語言是存在的歸屬」，這個「歸屬」，可解釋是「語言是個人存在安身立命的所在」，或「讓個人的存在有一個安適的家。」

吳錦發在自序中說，會寫《在轉角，爲愛朗讀》這本書，是因爲二〇一九年六月二十三日，我在《存在與凝視》的新書發表會上，聽到他對我的一首〈父親〉的分析，而說：「這個論述很有一點另類的味道，很獨特，可以把它寫下來。」引發他寫這本書的動機。

我也曾對吳錦發說：「時間不多了。」給他很大的壓力，催生了《人間三步》。我開玩笑說，我的「恐嚇」有效。大約在同一時間，吳錦發也出版了《風起》詩集，他說：「神的語言，即心的語言，詩的語言。」讓我看到了一個作家內心眞摯的一面，他從石川啄木的詩獲得很大的啓發和感動。現在又完成《在轉角，爲愛朗讀》，吳錦發已經成爲一個全方位的作家，作品包括小說、散文、詩和政治、文化、文學評論等多種。

吳錦發這本「讀詩筆記」，自言是從「台灣文學的植物性觀點」，選擇他要分析的作品，而貫穿全書的「文學的場所論」，則是他從田野中領悟的「文學論述」。所以，他論述的對象、內容和方法，不同於一般詩的賞析，也不同於一般詩評家的寫法，說明白一點，他選的詩作（國外不算），從跨世代到戰後世代（包括日語、華語、客語、台語和原住民語），都是以台灣這個「場所」作爲主體性思考和論述的主軸，完成的一本具有特色的書。

認識錦發三十多年，從他在八〇年代初放棄了電影導演夢定居南部之後，展開了文學的追尋，其間或有挫折，但他在經過一番調適之後，總能打起精神重新出發。了解錦發的人都知道他有大而化之的個性，但背後具有強大的感性和韌性，使他堅持做爲一個作家的信念，絕不妥協，尤其在學習劍道之後。

在此，我要引用他在《風起》的一首詩〈獨行〉：「不知不覺／就走到這兒了。／愛與恨／生與死／畏懼與勇敢／成長與停頓。／／不知不覺／就走到這兒了。／腐朽與新生／光與暗／合與分。／／不知不覺／就走到這兒了。／在叉路口／含著淚也要和妳揮揮手。……雲雀在遠方／望不見的地平線外鳴唱。／／不知不覺／就只能走到這兒了。」這首詩濃縮了他對人生、對生命的態度。

一個人活著，常因爲經歷的一件小事，或閱讀一首詩、一篇文章，而有意想不到的轉折和發展。如果吳錦發再有第二本「讀詩筆記」出版，我不會感到驚訝。

推薦序

別具慧眼說新詩

——讀吳錦發詩評集《在轉角，爲愛朗讀》

吳三連獎基金會秘書長．作家　向陽

繼去年十月出版長篇小說《人間三步》、詩集《風起》之後，吳錦發這本新詩評論集《在轉角，爲愛朗讀》又將推出，身爲他的老友，對於他寫作不輟，寶刀未老，既感羨慕，更覺敬佩。他在前後一年內推出三本新著，小說、詩與評論三「彈」齊發，且都各勝其場，俱見創新格局，實在不簡單。

吳錦發與我是同世代的作家，我們認識於一九七〇年代鄉土文學論戰後，同在一九八〇年代擔任過非主流報紙副刊主編，當時我在台北編《自立》副刊，他在高雄編《台灣時報》副刊，一南一北，爲台灣本土文學相互呼應，也互相奧援。那種並肩作戰的感覺，至今仍常存我心。當年的他，已出版《放鷹》、《靜默的河川》兩部短篇小說集，是台灣文壇矚目的新秀，且已獲時報文學獎和吳濁流文學獎的肯定；一九八七年又以《春秋茶室》勇奪聯合文學小說新人獎中篇小說獎，更是確立了他作爲優秀小說家的定位。

這麼多年來，吳錦發曾先後擔任文建會（文化部前身）副主委、屏東縣文化處處長等公職，為民服務，並未因為服務公職而折損他的文學生命，仍然持續閱讀、寫作，三部新著接續出版，即為明證。而最特殊的，當屬這一本以台灣詩人詩作評析為主的評論集。

一如本書書名《在轉角，為愛朗讀》，吳錦發精選三十三位台灣詩人的詩作，略分為「跨世代」、「戰後世代：華語」、「戰後世代：客語、台語」、「原住民詩人」等四卷，共四十八首詩作，進行賞析與詮釋。這是一位擅長敘事的小說家深入詩人文本，從「轉角」處看到的當代台灣新詩的一面獨特風景，與常見的新詩賞析、選讀，無論在觀察方法或賞析角度上都大不相同。

可以說，作為小說家的吳錦發，別具慧眼，看到了詩評家沒有發現的風景。他解析詩作的角度，有部分是從小說家的敘事結構和訓練中取得，不同於一般詩評侷限於意象、語言和修辭的分析。他讀詩，能讀出詩作中的歷史脈絡和社會情境；他談詩人，能談到詩人創作時的時代背景和曲折心路，讓讀者在跟隨他讀詩的同時，也能沉潛於賞析之中，吸收到當代台灣新詩的精髓。

之所以能夠如此，也和吳錦發的這些詩評具有理論基礎有關。根據他的說法，他是以社會學和人類學常見的「場所論」概念爲依據，將詩人作品放置到他們所在的「場所」進行細密分析。從具象的角度看，那是被指陳的場所（如恆春半島或任何地名所在）所呈現的物象和景觀；從抽象的角度看，則是此一場所上活動的族群在歷史和地理空間中生活出來的文化及其形成的「心理空間」。這是吳錦發取自理論，加以轉化的「文學的場所論」（詳本書〈自序〉）。在歷來的新詩評析著作中，確屬獨特。這是本書獨具特色之處。

吳錦發以「場所論」讀詩，讀到的當然會是具有「場所感」（或「地方感」）的作品，簡單地說，就是表現人與土地關係的詩作。這種關係，部分來自對場所的依賴（靠山吃山、靠海吃海），部分來自對場所的認同（腳踏土地、心懷台灣）。本書所選詩人詩篇，幾乎都與這兩個（物質的和心理的）空間有關，無論是跨世代的詩人作品，或戰後世代使用華語、客語、原住民族語的詩人作品，透過他的賞析，都向我們展示了眞實的台灣圖像、寫實的台灣臉顏。這是本書特色之二。

令人欣賞的，還有吳錦發撰寫評析的筆調。他以近似隨筆的輕鬆語法，有時含帶幽默，有時顧左右而言他，切入詩作文本，不凝不滯，行雲流水一般，寫他讀詩時的眞確感受與眞摯感動，讓我們和他所引用的詩作內涵靠近，也對他介紹的台灣詩人有了更加親切的認識。這些詩人、這些詩作，寫的都是我們生活其中、奮鬥其上的台灣土地與人民，沒有虛矯的矯飾，沒有浮誇的誇飾，一如他的文筆，輕鬆淺白卻又能深入核心，可供我們享受詩的美好與樂趣，並因此重新了解被主流論述遮蓋的那一大塊早就存在的台灣新詩。

吳錦發這本《在轉角，爲愛朗讀》，因此可說是獨具慧眼說新詩的詩評集。無論從論點（場所論）、選詩（寫實主義）或筆調（隨筆）來看，本書都足以引導讀者進入台灣新詩世界。吳錦發年輕時就寫詩，而以小說名家，能夠兼融敘事與抒情的視野，評選新詩佳篇，更能見人所未見，敘人所未敘。想了解台灣新詩在這塊土地上生淚的脈絡，這是一本書架上不可或缺的好書。

推薦序

台灣——「詩」而復得的場所

台灣駐德國代表　謝志偉

「令他印象深刻」這六個字是錦發兄挑選入列本書之台灣詩作的標準。但要如何令他這個也具有小說家和詩人身份的作者印象深刻？條件無他，須爲令其「有感而發」而已。「有感而發」就是「有感動到錦發」。那，這「感動」的元素爲何呢？能感動到他，就能感動到我們嗎？讀完這本書，您就會知道，答案毫無疑問是「Yes !」。

「有感而發」者，「無病呻吟」之反，而「無病呻吟」的詩作或詩人指的就是「一雲加「一云」：「雙腳踏著天邊雲，一紙寫得不知其所云」。舉例來說，若在詩作裡只見「藍色到天空非常希臘」，但在現實生活中卻無視於「白色到地牢非常恐怖」，那，用錦發的論述來說，這種詩作絕不可能會是「有根的文學」，因爲他要分析的台灣作品是「吸收大地養分形成的巨樹文學」。而這樣的文學之所以能成巨樹，是因其「深入地泉，抓緊土地」。社會學出身的錦發就由此開闢出以「場所理論」來剖析台灣詩歌之肌理的蹊徑。

本書開宗明義即已闡明了作者如何因其針對鄭烱明一首題爲〈父親〉的詩作之評析而興起「場所理論」之緣由。我就不在此細談。鄭烱明的〈父親〉一詩之所以讓錦發感動，正是因爲透過閱讀這首詩，他深深地感受到，上一代的日治台灣人在經歷二戰之後，身份一夕間又轉爲黨國台灣人時，所經歷的「地理場所」和「心理場所」同時錯位的悲劇意識：身在台灣家鄉爲異客，心在神州虛無飄渺間。第一句「父親不認得我了」其實是果，「父親不認得自己了」才是因。

我在此要指出的是，「場所」的「場」和前述的「深入地泉，抓緊土地」都有一個「土地」之連結。「場」在古義裡，曾與祭壇連結，即「封土爲壇，除地曰場」。「場」極可能係祭壇前宰殺「犧牲」之低平廣場，生鮮宰殺後的「犧牲」立可奉獻於高高在上的祭壇。此所以「場」另字爲「𣩵」，而與「殤」及「傷」，乃至「觴」（盛祭酒之器？）有同源之故。就這點來看，台灣近代一百年的悲劇（我的算法：從一八九五被割與日本至一九九六第一次台灣人直選總統）即在於台灣人之場所的「場」一直是個以台灣人爲客體的「犧牲場」。

然，這只是第一層悲劇而已，更深一層的悲劇其實是：戰後第二代被洗腦到眼盲心也盲，因而無能透視其父祖輩的悲劇。或許，我們可以這麼說，不是「父親不認得我了」，而是我們從沒能穿透「台灣」的地理場所和「世代」的心理場所去認識過我們的父／母祖輩。

不過，且莫悲傷，這個困境，錦發的錦囊妙計一發就可收拾。透過這本書，他爲讀者層層剝開了「台灣人之詩」的肌理，示範詩的救贖功能，而，或這或那，不免也剝開了洋蔥。沒關係，流淚吧，寫實主義，卻能開啓「想像」的能力與空間，正是文學之爲用的地方。心靈的動感是感動的美學，非場所踏實，一般詩歌作不到的，非常值得珍惜。

是以，來吧！台灣人！不論本省族群（福佬，客家）、外省族群或是原住民，還有新住民也入列，一起來閱讀、朗讀、低吟、高唱台灣場所原汁原味的詩歌或甚至自己親自寫。但是有一點，倒是絕不可忽略：評詩（文學）的習性及品味既要培養，也應提升。這是台灣人精神文明和心靈洗滌的必經之路。我相信，這應也是錦發出版這本書念茲在茲的心頭事。

最後，我引陳坤崙的短詩〈牙籤〉（頁78）來點出「場所」內外環境或要素與「詩作」之間的連結之重要性。短詩中，補胎師傅對於一根牙籤竟能刺破汽車厚實的輪胎感到嘖嘖稱奇。那是一九八四年的作品，仍在戒嚴中，「我國」也仍是「中國」。但是，代表「車輪仔牌」的黨國體制在三年後就將被細微而尖銳的牙籤所刺破。牙籤是「剔牙」用的，結果拿來「剔輪」，果然，解嚴十三年後，政黨就「輪替」了。尤其值得注意的是，輪替後，補上來的「胎」字裡面還藏有個「台」嘆。「場所」顯然可以另有「藏所」，藏哪了？就藏在詩歌裡，等著我們去挖寶。

台灣是台灣人「詩」而復得的場所。錦發出了書，剩下的，就是你們的事了。

自序

台灣歌詩的「場所論」

1.

二〇一九年六月二十三日，鄭烱明醫生在高雄三餘書店舉辦他的新詩集《存在與凝視》的發表會。

之前，烱明兄的詩我是熟悉的，我認爲他一直是台灣詩壇最重要的詩人之一。

他的詩如同「冰山」，冷凝下沉，只在水面露出七分之一，七分之六在水下，他喜歡用簡單容易的文字敘述不簡單的人間事態。如果要比喻，那麼，谷川俊太郎的詩語言像「多端放電式」，鄭烱明的詩語言則屬於「單極放電」，類如雷射的手術刀，冷靜、俐落而尖銳。

看了他的《存在與凝視》中一首名爲〈父親〉的詩，我大受感動。

在第二天的出版會上，我站起來說了一段話，我是以社會學及文化人類學的「場所論」這個觀念切入，去論述烱明兄〈父親〉這首詩中，日治時代台灣人在「地理場所」及「心理場所」雙重的尷尬及悲劇意識，而台灣戰後世代要穿透雙重場所障礙，才能明白前時代台灣人眞正的「悲劇意識」。

也許以前少有人以這種跨學術角度去分析台灣現代詩歌的結構與內涵吧？大家對我的言談顯得很有興趣，會後烱明兄向我說了一句：「錦發你這個論述很有一點另類的味道，你把今天說的寫下來吧。」

就是因由烱明兄這一句話，我寫了一本書，那恐怕是出乎烱明兄意料之外的事吧，其實那也出乎我自己的意料之外。

我的創作，向來以寫作小說爲主，去年我剛完成《人間三步》的長篇小說，當時正在爲玉山社出版的這本小說作最後校對，並構思下一部長篇的內容。

鄭烱明兄一句話，使我寫了另一本書，這一切看來是一種偶然，但目下在校對這本書的時候，卻又覺得寫這本書對我來說，其實是一種必然。

2.

我十七歲唸雄中二年級的時候，開始想要寫作，開始塗鴉的作品就是詩。現在來看，當然只是散文分行，因爲那時我能看懂的詩只有類如徐志摩的〈偶然〉這樣的東西。

上了大學，我唸了更多的詩，但奇怪的是：我總覺得我全然看不懂當時風行校園的，那些名聲響亮的所謂「詩魔」、「詩禪」——大名鼎鼎的大詩人的詩，我倒是被外國翻譯過來的雪萊、泰戈爾、奈都夫人……等人的詩感動；這眞是奇怪的事，不被腳踏的土地上的詩人的詩感動，而被遠方世界詩人的詩感動。我甚至爲了想唸懂波特萊爾《惡之華》原文，而跑去學法文當「第二外國語」（只唸了一學期便嚇跑了）。

對台灣現代詩開始重拾興趣，是在認識了陳秀喜、趙天儀及鄭烱明、李敏勇、向陽、宋澤萊……，唸了他們的詩以後；因爲我沉迷寫小說，經由鍾鐵民、鍾肇政等前輩，而接觸了《笠》詩群的詩人，然後，我發覺，我看得懂台灣詩人的詩了。但此時，我已狂熱地一頭栽進了小說的創作，並在同時，我也對台灣原住民的文化研究感到入迷。

我上山下海進入了原住民的部落；我學的是「社會學」，在田野的工作中，我對「社會學」、「文化人類學」的探討有高度熱情，自我深造，並試著建立自己的論述。

3.

我說：寫這本書，某一個角度對我是一種「必然」，就是因由於這個原因。

在社會學及文化人類學中，有一種觀念叫「場所論」（很有趣的，台語、客語也經常用到「場所」這個名詞，其實它是日語的漢字用福佬話、客語的轉用，發音）。

在社會學中，所謂「場所」，它有多種意涵，最起碼，它蘊含著「具象」的，與「抽象」的兩個層面。

舉例來說，如果拿「恆春半島」這個地域爲例，它含蘊著它的「地理位置、地質特殊結構、植物相貌、落山風等具體的事物」；另外一方面，在這個「地理場所」中，住著「多種族」的人類，他們在這個地理領域中，表現出的行爲、互動、思維、音樂、民俗，甚至群體歷史等，便形成了特殊的一種「心理空間」。「心理場所」乍看是「抽象」的，其實追究下去，你會發現「它比具體還具體」！

它是「社會學的」、「人類學的」，它更是「文學的」！

這本書重心中的重心，就是植基於這種「文學的場所論」，這是我自己從田野中領悟的「文學論述」。

因此，我明白了，年輕時，很多所謂名震一時的「名詩人」的詩，我全然看不懂的原因，不盡然是我沒有「慧根」，而可能是他們「一直都在說謊」！我像無邪的孩子指控了「國王的新衣」。那個國王用別人的加上自己的謊言，建構了浮在空中的城堡，並陶醉於自構的「虛擬實境」之中；像「魔笛」吹奏者，帶著沉醉的鼠群出城而去。

4.

於是，我寫了這本書，寫這本書的目的是：用另一種角度，去導讀、分析、評議——我讀過的一些詩作中，至今仍令我印象深刻的詩。

我明白，我並沒有把所有最好的詩作選入。

因爲我寫這本書是有預先的「論述」設定的。

而且，我比較傾向多選擇「寫實主義」筆法的詩歌。

一方面，是希望引導有些被「看不懂的詩」驚嚇過，而不再看詩的年輕人，希望大家能再拿起詩來朗誦，領略詩的優美境界。

另一方面，也希望喜歡文學的讀者，能明白「寫實主義」並非如一般概念的狹窄化的技法（三島由紀夫說他的文學是「唯物主義的寫實主義」，那麼也可以依每位作家氣質的不同，而有「浪漫主義的寫實主義」或「象徵主義」的「寫實主義」吧？）

無論從哪一個手法進入，我可以用另一個名詞來形容：我站在「台灣文學的植物性觀點」，選擇我要分析的作品！

「植物性」就是說：有根的文學！抓緊土地，深入地泉，吸收大地養分形成的巨樹文學，不是「夜空很希臘」的浮萍似的存在。

5.

簡單瞭解詩，深入瞭解詩，快樂明白詩，優美不自覺地朗誦詩，並用多種語言享受聲韻之美。

多語言多民族，本就是我們島嶼母親最大特徵，用多語言創作詩，用自己母語朗誦，當然是最美妙之事。

在人生的任何一個轉角，遇見詩，並充滿感情朗誦它！

像風朗誦花朵，像雨朗誦草木，像心朗誦造物主。

在優雅人生的生之角落。

這是我寫這本書最大的心願，是爲之序。

目次

一、跨世代

二、戰後世代：華語

三、戰後世代：客語、台語

四、原住民詩人

五、外國詩作

一、跨世代

陳千武（一九二二～二〇一二）

南投人，本名陳武雄，筆名桓夫。十七歲時發表生平第一首日語詩作〈夏の夜の一刻〉。一九四三年投入太平洋戰爭，戰敗返台後，重新學習華語創作。一九六四年與作家詹冰、林亨泰等人創設笠詩社，為戰後本土詩社的先聲，並於一九八〇年與日韓詩友發起出版《亞洲現代詩及現代詩集》，奠定亞洲詩人交流契機。創作以表達現實社會為題，重於人生探究、文化反省，並利用語言、鄉土、戰爭寫出生命的本能與荒謬；語言則橫跨日語、華語、台語。

在死亡延續的夢中飛翔

——讀陳千武的〈信鴿〉

埋設在南洋
我底死，我忘記帶回來
那裡有椰子樹繁茂的島嶼
蜿蜒的海濱，以及
海上，土人操櫓的獨木舟……
我瞞過土人的懷疑
穿過並列的椰子樹
深入蒼鬱的密林
終于把我底死隱藏在密林的一隅
於是
在第二次激烈的世界大戰中
我悠然地活著

雖然我任過重機槍手
從這個島嶼轉戰到那個島嶼
沐浴過敵機十五糎的散彈
擔當過敵軍射擊的目標
聽過強敵動態的聲勢
但我仍未曾死去
因我底死早先隱藏在密林的一隅
一直到不義的軍閥投降
我回到了——祖國
我才想起
我底死，我忘記帶了回來
埋設在南洋島嶼的那唯一的我底死啊
我想總有一天，一定會像信鴿那樣
帶回一些南方的消息飛來

——一九六四年

這是陳千武的詩〈信鴿〉，發表於一九六四年，國民黨戒嚴統治時期；之後，同樣在二戰中的經驗，陳千武以小說的形式又發表了不朽的〈獵女犯〉這篇傑作。就以〈信鴿〉這首詩和〈獵女犯〉這篇小說，我們看到了台灣二戰世代，在這場荒謬時代，既令人悲痛又尷尬的角色。

二戰世代的台灣人所處的「場所」，是一種什麼樣的「場所」呢?台灣作爲「場所」是「軸心國」聯盟——日本的一部份。軸心國聯盟一部份的台灣，對抗的是「同盟國」的美國和包括同盟國聯盟的中國。陳千武以「軸心國」日軍的一份子參與了和「強敵」美軍的戰爭。很多人在和敵人的戰爭中陣亡了，但他從敵人槍林彈雨中保存了回來。

戰後回到台灣，一夜之間，有一個莫名其妙的國家叫「中國」的來到台灣，台灣被占據並被宣稱爲它的「場所」。

曾經是日本的「場所」，現在被強敵美國暫時委託的「中國」擅自決定爲它的「場所」。對陳千武而言，那一定是再荒謬不過的經驗吧?戰死在叢林中的同志（日本人、台灣人）被定位爲「邪惡軸心國」的暴虐日軍。

而他所對抗的強敵美國軍人成爲「正義同盟國」的正義之師。更荒謬的，在這場戰役中，從未遭遇過的中國軍人，來到台灣，宣佈他們也是戰勝者，並把所有台灣人登記爲它的國民，每年在戰後紀念日強迫所有台灣人（包括曾爲日軍的台灣人）一起慶祝「正義同盟國」戰勝「邪惡軸心國」的紀念日。然後，台灣人失去的「日本場所」光復爲被搶去的「中國場所」。陳千武和死於南洋戰爭的同志，一起在精神領域被宣佈爲「邪惡」，並被強迫「占領」，連辯解的餘地也沒有。陳千武在那一刻，將自己的人生被割裂爲兩部份：在南洋浴血戰爭的自己是「死亡的活著」，而在被征服強占的「故鄉場所」，卻變成了「活著的死亡」。這就是台灣二戰世代活過的荒謬錯亂的「時代場所」。

法國荒謬劇大師尤涅斯柯說過一句話「只有荒謬的時代，才會產生荒謬的劇情」。陳千武和我們的先代都歷經過如此荒謬的故事。

我的堂伯父和小叔公在二戰中，都被徵調到南洋打仗。堂伯父以日軍之名，戰死在新幾內亞，最後連屍體也沒有回來，倖存回來的戰友，告訴我伯公：他的屍體被棄置在叢林之中，兩手臂的肉，在死後被割下來，被飢餓的戰友們煮食掉了。

小叔公從海南島倖存回來，一生沒走過「戰爭的陰影」，戰爭完全扭曲了他的人格，在村內以「屠狗者」著名，我看過他用屠刀割裂狗的喉嚨，面無表情。他的死也「被隱藏在密林的一隅」。

在家族的記憶中，堂伯父「死了而活著」永遠只留下參戰前十九歲天眞的影姿。而小叔公卻「活著死了」，在我腦海中只留存著他殺狗的兇狠影姿。

這是完全眞實而魔幻似的故事。在台灣人二戰世代中，大部份的台灣人都有著如此荒謬的故事。

〈信鴿〉會帶回南方的訊息嗎？會帶來什麼樣的訊息？

二戰的台灣世代，天天仰看期待〈信鴿〉帶回溫暖的台灣故鄉一些訊息，創傷也罷，憤怒也罷，愉悅也罷，不，即便是「絕望」也是一種訊息。

但戰後世代，戰後一世代、二世代、三世代；今天也有人主張「吃掉鴿子」（註）。這是個至今仍沒有停止的荒謬故事，一群台灣人，活在荒謬的時代，荒謬的人的「場所」。

註：台北市長柯文哲主張，用「吃掉」解決台北市鴿子的問題。

覺悟死亡的愛

——讀陳千武的〈紅面頰〉

淨白的長褲子
觸摸了有刺的灌木
沉醉於銀白水池面的月亮啊
月亮！

不會再相逢
立誓過的心胸炙熱地
握緊妳底雙手
手掌冰冷寂寥而靜默
須赴戰場的身要離別了

只望著遙遠的未知
親暱紅色望樓的
屋頂　想妳……

南國吹來的風
呈現玻璃顏色
吹醒了戴戰鬥帽子的
紅面頰啊！

——一九四二年

這是陳千武寫作於一九四二年的詩〈紅面頰〉，原文是以日文寫作的，一九四二年，依陳千武註記的日期，應該是他被日本殖民當局征調到南洋作戰前夕的時間吧？

在台灣作家中，寫到有關於日治台灣人在太平洋戰爭中的景象的作品並不豐富，李喬的《孤燈》（寒夜三部曲之二）的南洋作戰的情形，大部分是「聽人家說的」，鍾肇政的《濁流三部曲》大部分講的是「台灣島內」的情形，片斷有關南洋戰場，也是「聽說」的；在這些有關台灣存在太平洋戰場遭遇的故事，陳千武是很特殊的存在，他是親自參加了二戰太平洋戰場，而「死沒成」回到台灣，並寫下了不少太平洋戰場作品的台灣作家。

相對於日本作家的此類作品，陳千武作品的珍貴性在於：他是以「被殖民的台灣人」的立場來寫作，是「弱者觀點」的文學。

二戰中，台灣人在太平洋戰爭的角色的確是尷尬的，以南洋諸國的立場，陳千武的「日軍系台灣兵」在被侵略者的眼中，就是「侵略者」，但在台灣人的立場，台灣兵的角色卻是「被強迫充當侵略者的」，其實，同時代的朝鮮人，甚至琉球人被征調作戰當中，也都處於如此尷尬的角色，這從戰後朝鮮籍、琉球籍作家，諸多有關二戰期間的文學中的描述可以看出來。

其實，這是東亞文學中，一個嚴肅的文學主題，但是直到今天，台灣文學在這方面的討論和嚴肅的「作品論」卻極少被認眞對待。

陳千武因爲親歷戰場，又是傑出的文學家，他在這方面的作品，其實是一塊瑰寶。但這麼重要的文學瑰寶，卻被討論得少，最重要的原因是：台灣「歷史場所」的特殊性。

朝鮮、琉球在戰後的遭遇，和台灣截然不同，朝鮮獲得了「獨立」（雖然分成南北兩邊），琉球由美國託管，再行公民投票，決定重返日本懷抱，而台灣則前面走了「狗」，後面來了「豬」，成為了另一個「殖民地」，而殖民者還自稱是我們的「父祖之國」，禁止台灣人再「媚日」，必須政治正確站在「反日」的立場；想必這對「當過日本兵」的陳千武是萬分尷尬的事吧？他必須被迫用他的「後半生」去反對他的「前半生」！

即便在如此狀況下，陳千武仍以小說《獵女犯》系列及詩〈信鴿〉系列，為台灣人在那場戰爭留下了不朽的篇章。

不同於日本，不同於中國，「台灣人自有台灣人的遭遇和想法」，為二戰太平洋戰爭留下台灣人深刻的足跡，這是陳千武文學最偉大的地方。過去，台灣文學史的撰述者，大多忽略了陳千武在此方面的重要性。

陳千武的〈信鴿〉已是台灣詩壇人盡皆知不朽的詩作了；但是陳千武在一九四二年，青春美青年時，在戰爭烽火連天，生命未知旦夕的時代的作品卻少為人知，直到後來，這些草稿被翻出，重新譯為中文，我們才知道，當時一個台灣青年在戰火連天中真正的情感是什麼？

三島由紀夫曾經描寫過，在他十九歲，日本本土已不停遭受美軍轟炸，戰火隨時會奪去他青春生命的年代，寫下過他的「初戀」。

幾乎每個作家都有過「初戀」，也有很多作家以緬懷自己的「初戀」寫下過動人的篇章，屠格涅夫的《初戀》就是文學中的傑作。

但三島由紀夫的「初戀」，是很特別的，因爲他發生在戰火連天之中，每天都擔憂著人生還有沒有第二天？在這種情形之下，他莫名所以地想起一個「疏開」到鄉下的女孩，他極端無聊地坐了火車去鄉下探望了她，那女孩卻喜出望外，兩人相伴在山路上走了一段路，三島由紀夫用極平淡的筆調，描寫了那戰火下的一段情，最後也沒發生什麼特殊纏綿之事，然後，他離開了她，戰後也沒再見面；但那短短的「初戀」的景象，卻使三島由紀夫終身難忘，也使讀者看完跟著「終身難忘」，爲什麼？因爲「那事是發生在烽火連天，生命如螻蟻的年代，所帶給人光明浪漫期待的黑夜之光啊！」

也就是說，令人溫暖無以忘懷的，其實並不是那微弱如風中之燭的愛情，而是漆黑好似無盡而幽深時代的黑夜啊！

陳千武肯定是感情纖細，浪漫無比的人，具有這種人格特質的人，被驅趕到人性蕩然殘酷如地獄的戰場，當然是悲劇中的悲劇。

但就在前往地獄般的南洋戰場前夕，陳千武竟以如此抒情浪漫如三島由紀夫的筆調，寫下了這樣的詩：

……
須赴戰場的身要離別了
只望著遙遠的未知
親暱紅色望樓的屋頂　想妳……

南國吹來的風
呈現玻璃顏色
吹醒了戰鬥帽子的
紅面頰啊！

唸著陳千武的這首詩，我竟含淚微笑，繼之掩面哭泣！

「微笑」是因爲老前輩浪漫如三島的情懷，「含淚」是爲我戰死在新幾內亞，連屍體也沒回來的堂伯父。

家族的長輩有時開玩笑，說他出征前，喝醉時還和人爭論，女性陰部的裂口，到底是直的還是橫的？

杜潘芳格（一九二七～二〇一六）

新竹縣新埔人。早期以日語寫作抒發，戰後開始華語創作，於一九六五年加入《笠詩》社，一九八〇年代起積極從事客語詩創作，曾任《台灣文藝》雜誌社、《女鯨》詩社的社長。創作重內心思想與感受，基於基督信仰，許多作品坦蕩述說基督教題材，牽涉宗教意涵；語言橫跨日語、華語、客語、英語。

流在靈魂深處的活水

——讀杜潘芳格的〈復活祭〉、〈變成蝴蝶像星星那麼遠的！〉

心在旅遊，以放浪的心情。
身子不動，照常過著日子。

從彼岸而來，
淡紫色的珍貴大輪蘭花，父親的贈品。

復活！
是軀殼的再現嗎？
靈眼凝視對照之時。

曾經活在歷史裡

祖先們的意識
無意識仍舊存在肉身現形的自己。

不只是光，但願赤裸裸地奔跑。
那豈止是他們而已？

語言是活生生的東西，
美麗的蘭花。

——一九九〇年

這是杜潘芳格發表於一九九〇年《笠》詩刊的作品〈復活祭〉。

杜潘芳格是如同鍾肇政、鍾理和、吳濁流等客家大文學家，他們的創作生涯都穿越了日本、民國兩個時代，年輕時用日文創作，時代驟變，年輕時代以後，再學習以中文創作，而他（她）們的母語又是另外一種語言——客家話。

吳濁流、鍾理和、鍾肇政，選擇了小說，以表達他們對時代的記錄、省思及掙扎。

唯獨杜潘芳格選擇了詩歌為她創作的主形式，相對於語言文字的使用，詩語言需要更精粹的文字修養。

杜潘芳格在日治時代新竹女中畢業，後來再進入台北女子高等學院修業，她在日文的造詣上是毋庸置疑的。

即便如此，要由日文轉換成以中文寫詩，無論如何都不是一件容易的事，奇妙的是，還巧妙地把客語的語句思維也帶進詩中，再加上她是客家人家庭中極少數虔誠的基督教徒，她的詩中，不時會閃現出聖經中優美的意象、信仰或典故。

在十九世紀，很多到台灣傳教的神父、牧師，都曾在傳教日誌中，留下如是的記載：「客家人是最頑固，最不容易接受福音的族群」。

杜潘芳格似乎在心靈上，都超越了這些刻板客家人印象，揉合成一種「不像客家人」卻又有著客家人優雅寬容多樣的「新客家美學」，她的詩風素樸、古典，兼具和式、台式的優點，在前行代《笠》詩人群中，極具特色。

如這首〈復活祭〉，在文字底下，當然隱射著基督教「復活」、「永生」的意念，但把「復活」轉喻為「語言」、「文化」的永存，人的肉身會腐朽，但由肉身承載的「語言」、「靈魂」，一代一代會穿越過世代而存活下來。

如同由父親贈與的「珍貴大輪蘭花」，也會活生生的由一代芽、二代芽，然後在下一代的身上展現，語言傳遞，精神傳承，如同父親由彼岸帶來的蘭花，在下個世代「復活」，在應開放的季節，再次綻放，展現美麗的容顏。

其實，台灣也有許多原生種蘭花，台灣被稱「蘭花之島」，也有許多漂海而來，深藏島嶼山脈或雜交新品種，有如多語言文化，越過有限的肉身生命，在下一代、下下一代，萬彩繽紛，成爲永恆不止的「復活花祭」。

杜潘芳格的詩是動人的，感情是素樸而又細膩，寫物寫情總帶著暖馨的溫度，尤其在多首詩中，她寫與父親的愛，朗誦之後，使人在心中迴盪不止。

杜潘芳格寫親情的詩，一點也不黏膩，看似淡然，卻宛如在古老教堂中，聆聽高明的歌手，引吭唱著〈聖母頌〉，把俗世的情份也帶到幽深、神秘、甜美的夢幻之中。以下，我們就來朗誦她這首令人動容的〈變成蝴蝶像星星那麼遠的！〉描寫父女雋永之情的詩：

白白小小的蝴蝶
像是祝福的象徵
住在很遠很遠的星星的父親喲！

蒙了神的祝福變成白白小蝴蝶來訪問我。
你靠近我的時候我深深地禱告。

此刻我要展開愛的雙臂伸出愛的能力，
開始愛最靠近我的人，慢慢至及遠方的人，
不只是人、植物、動物，所有生命的東西，
我愛它。
特別是對人。人是寂寞的生命體。
無我夢中就出生到世上來的，
自出生到離世，生死之間仍繼續生活。
雖然有及時行樂。

變成蝴蝶像星星那麼遠的父親喲！
我深深地在祈禱。

——一九九四年《笠》詩刊

質樸的文字，也許從標準中文形式看，它有時不很流利，但文學的細膩並不只在文字的細膩，而在於文學家本身對生活事物感受的細膩。

相傳古代日本雄略天皇，有次在樹下喝酒，樹葉掉落酒杯中，雄略天皇發怒要殺了粗心的女官，女官歌詠了如下一首詩：「其上的樹枝的枝頭葉子，落下碰觸到中間的樹枝，中間的樹枝的枝頭葉子，落下碰觸到下面的樹枝，下面的樹枝的枝頭的葉子則落入酒杯。」

這位女官後來的命運如何？且賣關子，如果你是天皇，你還忍心殺她嗎？此詩千古留傳，詩境由一株大樹，形象漸次凝縮爲枝椏，最後凝縮爲酒杯，再凝縮至酒杯中的葉子，形成一種層次之美。

而杜潘芳格這首詩，則反過來，由可能是父親化身的小小的蝴蝶，逐次把對蝴蝶的父親的愛，而放大到「靠近的人」、「植物」、「動物」、「有生命的東西」，再放大到一望無際的蒼穹，那很遠很遠……，也許父親就是在那兒的黑夜的點點星光。

欲言已無言，如葉片翩然飄落酒杯之中……，美啊。

陳秀喜（一九二一～一九九一）

新竹人。早期以日語寫作，包括俳句、短歌和現代詩，戰後開始以華語創作，並於一九六七年加入《笠》詩社，一九七一年起擔任《笠》詩社社長直到去世。詩作主題以自然草木或日常生活為素材，詩句內容則直接表現出作者情感的真摯與民族意識的強烈；語言橫跨日語、華語、台語。詩作〈台灣〉曾被台灣文學的德語教授梁景峰改寫為〈美麗島〉，為人傳唱。有「台灣第一位女詩人」及「台灣女性主義詩人的先驅」之稱。

母性的鼻音
——讀陳秀喜〈台灣〉、〈覆葉〉

形如搖籃的華麗島
是　母親的另一個
永遠的懷抱
傲骨的祖先們
正視著我們的腳步
搖籃曲的歌詞是
他們再三的叮嚀
稻草
榕樹
香蕉
玉蘭花

飄逸著吸不盡的奶香

海峽的波浪衝來多高
颱風旋來多強烈
切勿忘記誠懇的叮嚀
只要我們的腳步整齊
搖籃是堅固的
搖籃是永恒的
誰不愛戀母親留給我們的搖籃

——一九七三年

這首詩〈台灣〉是詩人陳秀喜幾首最好的詩作之一，一九七三年十二月首次發表於《文壇》雜誌，一九七九年六月收錄於《笠》詩社出版的《美麗島詩集》之中。

〈台灣〉由留德回來在淡江大學執教的梁景峰改寫濃縮了歌詞，由後來因救人而溺水的李雙澤譜曲，傳唱一時。

由於是兩蔣「戒嚴時代」，〈美麗島〉歌曲又被校園裡的年輕人傳唱得極廣，如同南韓學運中那首〈那個時代、那個人〉一般，觸動了統治者敏感的神經。不久，〈美麗島〉即成了禁歌。但禁歸禁，由於它的歌詞優美，溫暖而抒情，在很多政治集會上，它仍被廣為傳唱，尤其當時有一本地下刊物就叫《美麗島》雜誌，傳播民主自由理念，每次出版便洛陽紙貴，當然特務機構警備總部很有效率，幾乎期期成為「禁書」。

看「禁書」，唱「禁曲」，竟成為那個時代最大的享受，帶點恐懼、帶點辛辣、帶點醺醺然，一試便上癮，很多台灣人因此成為了中國國民黨眼中的「叛亂份子」、「三合一敵人」。想一想，陳秀喜的詩，梁景峰改寫的詞，李雙澤的曲，實在是那時代的「叛亂份子製造機」之一。

其實不論是陳秀喜的原詩或梁景峰改寫的歌詞〈美麗島〉，都充滿了「母親」溫馨的意象。

以前，我在別的文章討論過：「台灣到底像什麼？」英國探險家畢麒麟認為它像「魚」，麥克阿瑟認為它像「航空母艦」，台灣人普遍認為它像「蕃薯」，而充滿了母親慈愛之情的陳秀喜則認為它像「母親的搖籃」。

陳秀喜也是跨越過日治、民國兩個時代的作家，她一九二一年生於新竹市，畢業於日治新竹女子公學校。學歷並不高，但她在一九四二至一九四六年之間，曾短暫旅居於上海和杭州，對戰爭末期的中國有粗淺的印象。

她什麼時候開始對現代詩有了興趣？並著手寫作？已難精確明白。不過，像這樣的人生經歷卻對詩歌如此執著，並且還出錢出力幫忙辦詩刊，從一九七一年到去世的一九九一年，當了二十年《笠》詩刊的社長。

我是一九七五年，二十郎噹歲時認識她，因爲在大學辦校刊做訪問，而初次在她家和她見面，她穿著合宜、化妝優雅，話題一開，滔滔不絕，講到深情處，還會握住你的手，豪氣、溫暖，猶如自己的母親或伯母。

她送了我好幾期的《笠》詩刊，及她的著作，其中有一首短詩叫〈覆葉〉，至今仍令我印象深刻：

繫棲在細枝上
沒有武裝的一葉

沒有防備的
全曝於昆蟲饑餓的侵食
任狂風摧殘
也無視於自己的萎弱
緊抓住細枝的一點
成為翠簾遮住炎陽

——一九七二年

文句簡單素雅，一看便明白，那充滿著「母親」慈愛的關懷，如同樹上老葉片包覆著嫩葉，避免過曬的陽光及過大的風吹，對正在成長中的脆弱的嫩葉造成傷害；這種鮮明的「母親」形象，始終貫穿著陳秀喜一生的創作。

如同這一首創作於七〇年代初的〈台灣〉，從「搖籃」放射出去，「稻草」、「榕樹」、「香蕉」、「玉蘭花」——台灣意象濃厚的景物逐次開展，然後海浪、颱風這種對安謐「場所」的威脅也跟隨而來，但詩人卻更像母親一般，堅守在搖籃邊，呢呢喃喃「別怕、別怕，孩子，這些都會過去的……」，慈愛之情溢於言表。

台灣大地是「搖籃」，台灣人民是正在形塑、成長中的「嬰兒民族」，作家、藝術家、政治人物要有疼惜台灣的心，如慈母一般。

陳秀喜詩作中的「母親」形象，很難不使人去聯想到高爾基的《母親》，只是陳秀喜的「母親」形象，不像高爾基《母親》那麼具有煽動性和鮮明的戰鬥性，但「因爲愛，而成爲強者」的特徵則如一。

母親，母親是什麼？母親是因爲上帝太繁忙，而用大能力複刻的另一個上帝。

二、戰後世代：華語

鄭烱明（一九四八～）

出生高雄市。曾任高雄市立大同醫院內科主任醫生，後自行開業，目前已退休。曾任《笠》詩社社長、台灣筆會理事長，其後又與曾貴海、陳坤崙等人創辦《文學界》、《文學台灣》雜誌，推動台灣文學不遺餘力。現任文學台灣基金會、鍾理和文教基金會董事長。其詩含蘊診療台灣社會的雄心和悲憫，關注民生疾苦，並對台灣主體認同議題多所著墨。

台灣戰後世代的雙重穿透

——讀鄭烱明的詩〈父親〉

父親不認得我了
一個涼爽的秋日午後
我站在父親的面前向他打招呼
他卻一動也不動地
凝視著前方

我提高音量叫了一聲「爸爸」
這時父親才轉過頭來
對著我微笑

我們一家人天南地北地交談

從有記憶的孩提時代開始
到二次大戰末期
父親搭乘赴日的船隻被魚雷擊中的往事

只是父親仍靜靜地坐著
彷彿在傾聽一則陌生而遙遠的故事
我知道父親終於遺忘了戰爭
而死亡卻緊緊跟隨著他

這是鄭烱明的詩作〈父親〉。

這首詩使我聯想到陳千武的〈信鴿〉。

怎麼會呢?這兩首詩，一個談戰爭與死亡，一個談親情。

是的，這中間聯結著的是某一種精神的死亡。

從鄭烱明的〈父親〉，自親情進入，必須「穿透」兩個層面，才會到達「死亡」的相遇口。

「穿透」是我認爲戰後台灣作家很重要且需要清醒的認識。

台灣文學一向被很多文學史家或評論家定調爲「反抗文學」。

「反抗」是一種既容易使用又絕不會差錯的「名詞」，民族的反抗，對被壓迫的反抗，對不合理的反抗，甚至你也可以說「生命的存在，即是反抗」。

這怎麼會錯呢？這好比在現代「生物進化論」一般，已是大家都知道的常識。

但生命如何「消長」？如何細部演變？各物種又如何進化？從生理外型，到適應，甚至在進行中的演替方向，我們眞的懂嗎？是，重點在細部。

台灣文學是「反抗的文學」，朝鮮的「不是」？中南美洲的「不是」？非洲的「不是」？甚至被台灣認定的「壓迫」的一方日本、中國，在對抗「西方列強」這一設定時，他們不是「反抗」？沒有「反抗」？

那麼它們的文學特色也叫「反抗文學」一句話可以定調？我們成爲「反抗中的反抗」？

我想，顯而易見，台灣文學在定調「反抗的文學」大方向之外，很多細節，必須被更深入討論。

拖遠了，回來看鄭烱明這首詩〈父親〉，進入這首詩的「核心地帶」，我們必須「穿透」

兩重隔堵。

先說穿透「場所」的隔堵。

「台灣」，這個「場所」的隔堵。

在二戰中，台灣置於何種「場所」？

中國殖民者的歷史，把台灣置於其「場所」。

日本殖民者的歷史，台灣被置於其「場所」。

但兩者談二戰，台灣都被「棄於一隅」，連「幫閒」都不是。台灣在「空間」及心理「場所」都被占領。

那台灣人眞正應放在的「場所」是在哪裡？台灣人後代應把自己先代的二戰時期的經歷，放在那一個「心理場所」？

「穿透」的第一層次，便是我們唸此詩時，必須克服，在心裡更須很「明確」的認識，要不然，我們要「反抗」誰？

唸此詩的第二個要「穿透」的層次是「世代」。

烱明的父親，我的父親和陳千武是同一個世代，是親身面臨二戰現場的世代，而我們知道「二戰」，感覺「二戰」，是從他們身上看到、聽到的。

我們是「穿越」他們的世代的時間隔堵，去體會他們的痛和記憶的。

但，記得，那並不相等。

烱明的〈父親〉可以如此說：作者在情感、理性上是穿越了「場所」、「世代」兩層隔堵，才進入直視、直覺，並同情、憐憫了父親那個世代——「整個台灣二戰世代」的悲痛。〈父親〉由私情，「穿透」重重障礙，擊中台灣二戰世代最痛最深沉的點，如一顆子彈穿透兩道紙板，正中目標。

而這其中最珍貴，使這首詩提昇至近乎是：「台灣聖詩篇」之一的原因，就在於鄭烱明用他最深的人類之愛和憐憫，展現了人類品質中最極致的「反抗」，而這「穿透」了一切。

這「穿透」使所有阻礙不再存在。這「反抗」如同耶穌的「反抗」。

天鵝：紀念一對孿生女孩的死

——讀鄭烱明的〈童話〉

是一則黑色的童話
不幸妳們成了故事中的主角
多少人嘆息，多少人哭泣
也無法縫合流血的傷口

帶著驚惶，帶著蒼白的純真
妳們提早離開了這醜陋的世界
變成兩隻無依的天鵝
飛翔一望無垠的穹空

我說小女孩妳感到孤單嗎？

如果我的詩句不能與妳作伴
請繼續飛吧，不要回首
一直飛到黑夜的盡頭

啊，那時——
妳們會恢復原來可愛的模樣
不，是一對婷婷玉立
散發著愛與希望的女神

——一九八五年

註：孿生女孩指一九八〇年二月二十八日受害的林義雄先生的女兒亮均和亭均

恍如昨日的記憶，就已經過了四十年。
四十年是一個什麼樣的概念呢？
我從紅顏青年，已然滿頭皤然白髮。

四十年，可使在地上爬的女嬰兒，成爲孩子們的母親。

四十年，獨裁者吐血死了，政權更替，總統換了好幾位。

四十年，台灣人一直想明白的眞相仍在迷霧裡，好幾個總統，不管哪一個黨派的總統，沒有一個眞想打破砂鍋問到底，那一天到底發生了什麼事？那一天闖入小女孩惡夢中的大野狼是哪幾位「叔叔」、「伯伯」？他們爲什麼要拿刀「揍」她們？

四十年後，我們不知道，那些下手的、下命令的「大野狼」們如今安在？已化爲森森白骨？或已化妝成他們孫子、孫女們面前的「和藹的爺爺」？

巨大的邪惡如何能存在一個人的心中，長達四十年，而不從「心中」爆開？一個還算「人」的存在，可以和殘忍的邪惡「共存」四十年而不「告解」？怎麼想，都無法明白，那是一種叫「人」的動物嗎？

如果，要問我們，四十年的傷痕可以「平復」嗎？把一隻飽食人血的蚊子拍死在白色的牆上，第二天，便成爲難以洗淨的印記，被邪惡用通紅的烙鐵深深燙刻在靈魂深處，如何能「平復」？四十年不可能，四百年也做不到。耶穌被釘死在十字架上，復活的時候，門徒們仍摸到祂手上和肋上的疤痕。

無法「平復」的傷痕，詩人如何處理？只能用愛的想像吧。

想像她們化身爲童話中的天鵝，在一望無際的穹空中飛翔。

潔白的形象和藍色的蒼穹的背景中，不停揮動著翅膀，如夢幻般飛翔。

鄭烱明用如此潔淨而無限慈悲的心，撫慰自己的靈魂，也撫慰全台灣人民受重創的心。

但這些撫慰得了她們的父母林義雄兄嫂的心嗎？

四十年了，我斷斷續續和義雄兄見了幾次面。

在事件後，一九八九年，台灣作家們在日本筑波大學舉辦了首次「台灣文學國際會議」（台灣作家舉辦國際會議，竟要跑到日本去開。）當時義雄兄正在筑波進修，寫了一封信問候大家。

前一年的一九八八年，我應美國台灣同鄉會之邀，巡迴東、西、中部的同鄉大會演講，路經洛杉磯，我和張恆豪去探視了當時寓居在洛杉磯的義雄兄嫂，我們一起聊天、喝茶、散步，過了一個快樂的下午。我們聊了台灣的文化、生態，唯獨迴避談台灣的政治。

二〇〇四年，我到台北文建會任職，偶而會到台北慈林基金會探望義雄兄，他幾次約我中午和他在基金會見面。兩人一起用便當，如同和自己家人一般親切聊天，話題始終圍繞著文化、文學轉，我們很有默契，儘量不想碰觸政治的話題。

我們害怕政治嗎？正好相反吧。我們在政治議題上似乎不必討論，我們應該是很明白，自己心裡想些什麼？

我們忘記了那對孿生姊妹了嗎？直到今天那對天鵝始終在我們心中，無聲無息揮動翅膀在藍色天穹中，繼續優雅地飛著。

就在孿生姊妹遇害之後第六年，我女兒出生。

有一天深夜，我不知怎地，躺在床上，思考著台灣政治的種種，突然就想到了這件往事。

我起床，走到女兒的嬰兒床，抱起她，把她抱到我和妻子躺臥的床位中間，我聞到她的乳臭味和溫暖的呼吸，止不住無聲地哭泣起來，嚇了我妻子一大跳。

「怎麼啦——？」妻關切地問。

我要如何回答她？

我看到了那兩隻天鵝在無垠穹空中飛翔，不分是在日或夜，光明或暗黑的時刻。

你問我，我心中的傷痕現在「平復」了嗎？在四十年之後。

傻話——。

李敏勇（一九四七～）

屏東人。曾任《笠》詩刊主編、《台灣文藝》社長、台灣筆會會長、鄭南榕基金會、台灣和平基金會、現代學術研究基金會董事長，《圓神》出版社社長等。創作以詩為主，其詩作被譯介為英、日、韓、德等語言，兼及散文、小說、翻譯，也發表許多社會評論，參與改革運動。早期作品以寫情見長，一九六九年出版詩、散文合集《雲的語言》後，告別婉約、浪漫風格，逐漸落實現實，對戰爭的殘酷和社會不合理制度尤多批判；隨著台灣社會的變遷，更將筆觸伸向政治現實。

最後的碉堡

——讀李敏勇的〈逃亡的夢〉

你為何在你的夢裡逃亡？
因為
這不是我愛的國家

你為何在你的夢裡逃亡？
因為
逃亡以後我才得到自由

你為何在你的夢裡逃亡？
因為
我要去夢的遠方建築一個愛的城堡

這是李敏勇收在詩集《一個人孤獨行走》中的一首詩〈逃亡的夢〉。詩的最後一句「我要去夢的遠方建築一個愛的城堡」。

「遠方」是多遠的一個地方？

巴勒斯坦詩人穆里．巴爾古提的名著《回家──橄欖油與無花果樹的回憶》一書中，描寫他流亡多年，在返鄉路過橋樑，回到夢縈迴繞的故鄉巴勒斯坦的加薩地區，看著守橋的以色列士兵的槍口，他如此敘說：「他的槍也是我個人的歷史，我離散的歷史。他的槍從我們手中奪走了詩的領土，留給我們領土的詩。我們手裡握著海市蜃樓。」

這是巴爾古提對失去故鄉，靈魂流亡，只能在夢裡建築「愛的城堡」最深沉的呻吟。

詩是一種「逃亡」，是一種「海市蜃樓」，對一個失去了故鄉「場所」的詩人來說，詩，有時是一種最微弱的抗議，更多時候，他甚至是空幻的烏龜的「殼」，使詩人暫時隱藏自己作爲儒弱藉口的「最後的碉堡」。

有宗教社會學家如此分析拿撒勒人耶穌：「耶穌面對強大的羅馬帝國，他想成爲一個革命份子，他是地下組織的首領之一，但他認爲武器的反抗是無濟於事的，他選擇了傳播福音。」

基督的福音也是一種「海市蜃樓」從現實觀點來看。

耶穌的選擇和巴爾古提和李敏勇的選擇並沒有兩樣，他們一起作著〈逃亡的夢〉，只是耶穌作的夢更龐大，龐大到必須靠無數次施行「奇蹟」的傳說來支撐。（基督徒一定會斥責我吧？）

巴爾古提爲何「逃亡」？因爲故鄉的「場所」被占領了，是實實在在被以色列人的槍砲占領了。那實質的「場所」被「占領」了，他只能逃亡，肉體的與精神的雙重的逃亡。在精神逃亡的「場所」，他唯一可以回到「實質的場所」，只有一條通路，叫作「詩」。

巴爾古提的「詩」，即是耶穌的「福音」，也差不多是李敏勇的「勇敢的逃亡」。

李敏勇的故國台灣，也是我的原鄉。台灣，曾是被插上八面不同國旗的土地（包括澎湖的法國國旗），最近的兩次，一面日本太陽旗，一面中華民國青天白日滿地紅「車輪牌」旗。

這兩個殖民者，從未徵詢過住在這土地上的人民，把旗幟一插，便宣佈了我們的故鄉「場所」，成爲他們的「場所」。

他們的槍口對著台灣人，「他的槍從我們手中奪走了詩的領土，留給我們領土的詩」。殖民者奪走了我們「實體的」，甚至「精神的」場所，殖民我們的土地，也同時逼迫我們向兩面旗幟敬禮，殖民我們腦袋，即便今日我們以民主選舉贏得某一程度的發言權，但他們仍用所謂「國旗」禁錮我們的思想，台灣人一直在「精神的場所」和殖民者展開拉鋸戰，但殖民者卻找來更大的，曾經是他們敵人的另一面旗幟，宣稱要占領我們的「地理的」及「精神的」雙重場所，意圖使台灣被插上第九面「國旗」！

李敏勇質問自己，也質問同胞，我們必須選擇「逃亡」嗎？逃亡至何處？爲何逃亡？逃亡的目的爲何？傳播「福音」嗎？建立「海市蜃樓」嗎？

法國導演楚浮畢生從事電影，爲電影奉獻生命的全部，他曾說了類似如此的一段話：「我把青春的愛與夢，退縮到電影這個碉堡裡，它是我最後的碉堡，誰要攻打它，我必奮戰至死。」

李敏勇在〈逃亡的夢〉說：「我要去夢的遠方建築一個愛的碉堡」。這是他人生最重要也是最沉重的碉堡。

詩是碉堡，是巴爾古提的「領土的詩」，是耶穌另一種形式的救贖。

碉堡不只是一種防守，也可以說是「反擊的基地」，抗拒殖民者的侵占，精神的「碉堡」是神聖的「場所」。

「碉堡」有時也是彈藥庫。

李魁賢（一九三七～）

台北人。一九五六年加入「現代派」，一九六四年加入《笠》詩社，曾任中正大學台文所兼任教授、中國新詩學會首屆常務理事、台灣筆會會長、國際詩人學會創始會員、國家文化藝術基金會董事長、《笠》詩刊及《文學台灣》顧問等。其詩自然率真，表現自由的真、善、美，並主張詩人不能放棄對時代批判的立場，他將現實生活的觀照融入詩作當中，因而被譽為「工業詩人」，另也從事德國文學翻譯。

占領與被占領

——讀李魁賢的〈語言戰爭〉

一方說是聖戰
另一方說是正義的戰爭

還沒有看到砲火
語言的戰爭
先來一段
開場白

等到最後的砲火
聲嘶力竭後
沒有倒下的

就掌握了戰爭的正義 就是聖戰

——一九九一年一月三十日

這是李魁賢在九〇年代所寫的〈語言戰爭〉，這首詩，收在他的詩集《祈禱》（《笠》詩社出版）裡。

李魁賢〈語言戰爭〉這首詩中所謂的「語言」，不是泛泛指我們日常用來溝通的「語言」，而是指一種表達意識形態的「宣傳語言」及「政治語言」。

二次大戰後，世界分成「共產」與「民主」兩大陣營，進行著所謂「冷戰」，冷戰並不是說完全不見一絲砲火，只是比例上，「熱砲火」較少，而政治宣傳攻勢是相對的顯得多，互相意圖以意識形態作爲號召，讓對方人民在心理上的「投誠」。

台灣，在半個世紀多的「冷戰」場所中，被歸類爲「自由陣營」。

但住在台灣這個「自由場所」中的人民，大家都明白，我們其實「一點也不自由」，國家名字、國旗、國歌……，全不是台灣人民選的，政治制度也是由外來殖民者強加的，甚至「中國人」、「台灣人」亦是由政治力量替人民選擇的。如果深一層地說，連語言、文化、層次面的「國語」、「歷史」、「文學」、「電影」、「電視」……殖民者都強加占領。這一切，殖民者都藉口說是爲了「反共的聖戰」是「自由」對抗「不自由」，「民主」對抗「專制」的神聖戰役。

但台灣人都很明白，在蔣經國一九八八年過世前，台灣一直由「姓蔣的」統治。一家統治一國，長達半個多世紀，這不叫「專制」還叫什麼？所以，台灣人心知肚明，他們喊得震天價響的「民主聖戰」到底是什麼？

「左派的法西斯」和「右派的法西斯」，那一邊比較神聖？

左派的法西斯一天到晚「統一是聖戰」，右派法西斯也說「保護民主是聖戰」。

蔣經國死掉以後（對，就是死掉，沒什麼崩殂），一群「反共」不離口的「蔣幫份子」，不出幾年全都跑去和「敵人」私通了，現在「對付台獨份子」變成了他們口中的「聖戰」。

台灣被夾在「左右法西斯餘孽」中間。我們在「土地」和「心理」兩個場所都被占領。拜民主所賜，在「土地」上，台灣人暫時「反占領」回來，但在「心理」層面上仍「被占領」著。左派法西斯和右派法西斯合作起來，揚言再把「地理」、「心理」的台灣，重新占領，變成他們「神聖不可分割的一部份」。

之前，海峽兩邊的法西斯份子，都宣稱要向對方發動「聖戰」解決掉，一邊要「反攻大陸」，一方要「解放台灣」。恍若演義小說中，雙方軍隊對峙，派出罵將，先來一陣「語言戰爭」，再來武戰。

但事實，最後的砲火戰爭從未來臨，到最後，連「語言戰爭」也產生了質變。

兩個對罵的雙方，和解了，站在一起，對著台灣人民開罵：「不統一就戰爭」。

現在台灣人民應該明白「我們」爲什麼會變成「他們」的敵人？更要很明白，「沒有倒下的，就掌握了戰爭的正義」！

是的，很荒謬，荒謬卻是歷史的常態。

「人生，本來就是亂七八糟的嘛！」小說家李喬說的。正義？邪惡？「歷史本來就是亂七八糟的嘛！」詩人李魁賢在這首詩中想講的。

陳坤崙（一九五二～）

台北人。曾任《三信》出版社、《大舞臺書苑》出版社編輯，一九七五年創辦《春暉》出版社，先後與文友創辦《文學界》、《文學台灣》雜誌；於文學界歷任《文學台灣》雜誌社社長、財團法人文學台灣基金會常務董事、《笠》詩社社長、財團法人鍾理和文教基金會董事、《春暉》出版社發行人及春暉印刷廠負責人等。其詩偏向描摹自然，設身處地觀照生命和事物，並積極拓展台灣文學，試圖透過詩作展現對人世的省思，挖掘生命存在的意義。

弱者的刺擊

——讀陳坤崙的〈牙籤〉、〈沒有眼睛的錢鼠〉

沒有人相信
用竹片削成的
一根牙籤
竟能刺破汽車的輪胎

它怎麼刺破輪胎的
補胎的師傅陷入沈思
是用什麼姿勢刺破的
站著躺著斜立著
哪一種姿勢呢
不可能吧

會不會
是靈魂的化身
不甘心輪胎的壓迫

——一九八四年

這是陳坤崙發表於一九八四年六月四日的一首短詩，題目叫〈牙籤〉。

這是一首「對比」強烈，意象簡明如匕首一般的詩，如日本武士中條流的「短刀術」，一刺即退，一擊斃命，毫不拖泥帶水。

「對比」是文學技巧中，最簡單，但也最難的一種技法。如柔道、劍道中最基礎的「型」。這種看似簡單，卻又含蘊最深的語法，即便是古老的宗教經典如聖經、佛經卻也最常被引用來引喻艱深的道法。

如聖經常用「活水」比喻靈的活躍，佛典則經常用「霧」、「電」，比喻生命的「多變」、「無常」、「不住」。

「雹」也罷，「不住」也罷，都是不好描述的存在。既抽象又不停流變，但卻也是宗教的生命觀要表達的重要核心，所以耶穌或佛陀都在講道、說法的時候擅用了「對比」或「比喻」這種技巧。「多」要多到什麼程度呢？「恆河沙」一句話？道與生命的潛力如何？小如「芥菜籽」，壯大時卻可任鳥在上築巢，在蔬菜中是最大的。

「芥菜籽」和鳥在其上宿居般大的對比，在我們生活經驗中一聽就神會了。

陳坤崙喜歡沙俄時代的詩人萊蒙托夫，萊蒙托夫就是一個善用「比喻」技巧的詩人。他有一首詩〈乞丐〉說：「只不過乞求一塊麵包」、「但有人竟拾起一塊石頭／放在他那伸出的掌心。」冰冷的短劍一刀刺入讀者的心臟。

陳坤崙寫作〈牙籤〉的一九八四年，是台灣政治黎明前，最黑暗的時刻，在暗黑的夜色中，台灣民主自由的吶喊，又如暮冬的暗雷，在厚厚的雲層中，經常由天的一邊，沈鬱地滾向天的另一邊。誰都預感到，經過沉悶的空氣，大雨即將傾盆而至。

就在那樣的時刻，台灣文學家並不全然沉默，王拓、楊青矗在前不久的「美麗島事件」中，進了牢房，特務們驚覺台灣文學家造反的意圖，監控更加嚴厲。

陳坤崙在這時寫了這首〈牙籤〉，一首短詩，一首看似不起眼的作品，但那是一聲短截的怒吼，用最乾淨俐落的「對比」的技巧。

〈牙籤〉，一支用竹片削成的「小竹刺」，除了「剔剔牙」，毫無其他作用的東西，有一天，竟然奇蹟似地，「刺破了汽車的輪胎」！

汽車的輪胎，有厚厚的外胎，再加上強韌充氣的內胎；隨著汽車快速奔馳，輪軸如風快速轉動，輪胎輾過路面，發出「漱漱」不已的聲音，威力十足向前衝行，輾過瓜，瓜破，輾過土，土凹，如果輾過人，人也會骨碎慘死。

但這樣的「輪胎」，卻被刺破了，逐漸消風了；消風的輪胎，不但再也無法威風八面，輾壓萬物而過，甚至竟可使整輛車變得「寸步難行」。

「芥菜籽」與小樹般可供鳥宿居的最大蔬菜，是一種同面向的對比，它只有體積的「對比」；但「牙籤」與「輪胎」卻是含蘊著「反向」的「對比」，「輪胎」是一種「壓迫」，是一種「輾壓」，它原本和「牙籤」扯不上關係，但驕傲的「輪胎」莫名其妙去惹上「牙籤」（輪胎當然不會有意識去招惹牙籤，當然是開車的人無視或無意識慣性的結果），竟然被「牙籤」給戳破了！

這種荒謬性突然在此被放大了。

「牙籤刺破輪胎」也引起補胎師傅的驚詫，「站著」、「躺著」、「斜立著」端詳陷入沉思，「不可能吧？」，一根牙籤竟能刺破汽車的輪胎！

這樣一首詩，看在歷經過那個時代的台灣人世代，剎那間，會一陣心驚，然後「含淚的微笑」吧？也唯有經過被任意碾壓的人，才會明白「牙籤刺破輪胎」的快感。

「牙籤刺破輪胎」不是一種主動意識下驅動的「反抗」，那只是一種偶然，不是大衛用彈弓小石子擊倒了巨人歌利亞！陳坤崙對大部份無意識被利益養肥、麻醉，甚至和權力者分贓，而活得怡然自得的台灣人，仍充滿了憤懣，一種既憐憫又厭惡的怨懣，這在他寫下〈牙籤〉前一年的一九八三年寫的另一首詩〈沒有眼睛的錢鼠〉得到「對比」的印證。

我開門進入臥房的時候
錢鼠尾隨我一同進入
也許牠不知道我的房間
像囚獄一樣

錢鼠在房間裡
找不到魚骨頭啃
只是不停地吱吱哀叫
驚慌地到處亂撞

我打開臥房的門
要放牠自由
牠偏偏不要
要不是錢鼠向我證明
我永遠不會相信世上竟有這樣的動物
祇要有魚骨頭啃有水喝
自由與不自由光明與黑暗完全一樣

喂，陳坤崙，「牙籤」不小心會「刺破輪胎」，如果，用「牙籤」刺到那隻「沒有眼睛的錢鼠」的卵泡上，會迫使牠吱吱哀叫，因此而逃出「囚獄」一般的房間，跑到陽光燦爛的台灣大地上堂堂皇皇活著嗎？

江自得（一九四八～）

台中人。曾任臺北榮民總醫院胸腔部主治醫師、臺中榮民總醫院內科部胸腔內科主任、日本國立癌症中心研究員；於文學界歷任《笠》詩社社長、《文學台灣》雜誌社副社長和臺灣現代詩人協會常務理事。詩作探索人的生死，反省和批判台灣的政治、社會現象，以診療觀點為人生、社會、政治把脈，風格情感真摯並富深刻哲思。

被死亡追逐的綺麗篝火

——讀江自得〈給ＮＫ的十行詩〉之第二十八首

孤獨彰顯妳四周的存在
因為孤獨
一枚秋葉飄落的聲音
響徹蒼穹

「請告訴我：為什麼妳會那麼美
為什麼妳非那麼美不可」（註）

我看到一縷輕煙，孤零零飄上天空
像妳清瘦的魂魄
我看到一片楓紅，綿綿激射出來
自妳深邃的眼底

——二〇〇四年五月三十日

註：借自三島由紀夫小說《金閣寺》中對金閣寺的書寫

這是江自得二〇〇五年二月出版的詩集《給ＮＫ的十行詩》系列中的一首詩。

對於江自得的這本詩集，和其中的這首詩，我有兩個很深的感受和想法。

第一個想法是：作家是不是正如史坦貝克所說的「被惡鬼追趕的人」？說得更明白些，「文學家的創作，在某一種範圍內，是不是一種精神科疾病發作時的症候」？杜斯妥也夫斯基和癲癇病之間的關係，以及太宰治的憂鬱症，芥川龍之介與早期精神分裂症之間的關係，都是爲大家所周知的例子。

我如此說，當然不是說：「江自得也有此傾向，不，他是精神健康而又冷靜的醫生。」但他完成這本詩集的過程及呈現出來的風貌，的確令人訝異，《給ＮＫ的十行詩》分成兩大部份，第一部份〈給ＮＫ的十行詩〉是在二〇〇四年仲夏從五月八日到三十一日，二十二日間完成的，共三十首，平均每日超過一首，這詩集的第二部份「時間筆記」則由六月十八日至二十一日，共完成十五首，也就是說江自得這座活火山，在二〇〇四年發生了兩次大噴發，準確說：在創作期三十一天內，完成了四十五首詩。

這種現象，其實在世界文學上並不少見，有些作家寫了一輩子，最精采的作品，省視一下，也差不多集中在某幾年幾月，甚至就其中幾天而已。

石川啄木一生只活了二十六歲，寫了上千首短歌及不到十部的小說，但最奇蹟的是：一九〇八年，他二十四歲那年，六篇小說屢受退稿，女兒生病，川上眉山自殺，國木田獨步病死，諸多人世無常的痛苦壓迫著他，在當年從六月二十三日到二十五日之間，三天三夜，不眠不休，閉門創作了大約二百五十首短歌，這兩百多首短歌卻成爲他一生最重要的創作。就如江自得，石川啄木詩的創作，也有兩個高峰期，第二個高峰，是他最後一年多，躺在病床上，一年多的重病期，寫下了在病中凝視著自己死亡到臨的腳步。

啄木第一個高峰期三天三夜的創作，後來大多收入他的詩集《一握之沙》中，而病危期寫的諸詩作收入《悲傷的玩具》。集中了《一握之沙》及《悲傷的玩具》合爲石川啄木最爲人歌頌傳世不朽的詩集《一握之沙》。

另外一個也爲人念念不忘的例子是，比啄木更短命的女作家樋口一葉；樋口一葉生前寫了約數千首和歌，但她碰到了同時代千古難見的天才：與謝野晶子，樋口一葉傑出的和歌被奪去了光采，但奇蹟似的在樋口一葉生命的最後一年半之間，她改寫小說，一篇篇傑作如〈比肩〉、〈十三夜〉、〈大年夜〉……，如燦爛的花火，閃爍日本文學上空，然後，她在半喀血半創作之中，闔然長逝，享年二十四歲。正在大噴發中的活火山，驟然又熄火了。

我如此說，不是玩笑江自得也「差不多了」。我在談的是，作家這種奇異的「能量爆發」，即便偉大的畫家梵谷，一生創作也不過十年，最精采的作品是在他死前三個月產生。

植物界有個怪現象，竹子在要死亡前，會大量開花，曾貴海故鄉佳冬和林邊海邊，蓮霧園被海水入侵，蓮霧樹自覺要死了，結果發生爆量甜度，意外產生了所謂「黑珍珠」。

死亡逼迫著人。

人有兩種方式應對它，因爲死亡是無可避免的，有時更無法預測，尤其是在意外、疾病流行的時代。在亞洲大陸的中國以「好死不如賴活」拖延，意圖苟全它，印度人以「輪迴」認爲「生」不只有一回，東洋日本人觀覽櫻花如雪凋謝，綺麗至極，移轉至美與「凋亡」的影像中合而爲一。以「美」克服「死亡」的恐懼。

在文學上特別凸顯「死亡美學」的是三島由紀夫，很多人認爲三島由紀夫的「死亡美學」的文學思維是「希臘之旅」之後才完備的，他也的確在他宣稱的對他影響極大的「希臘之旅」後，在一九六八年三月發表的一篇文章中如此自敘：「『生於美，死於美』是古希臘人的願望，於此，我們姑且不提前者的美學建構，我們最想知道的是如何能做到絕美而死呢？」

因此，江自得由〈給NK的十行詩〉之第二十八首這首詩，他引用了三島由紀夫在名著《金閣寺》中所描述名寺金閣寺中的語言：「請告訴我，爲什麼妳會那麼美，爲什麼妳非那麼美不可」。

江自得是一名醫生，他在醫院中，應該是經常看到人類不堪的死亡吧？

一幕一幕「不堪的死亡」帶給他的省思是爲什麼？經常直面「死亡」的眞面目，江自得如何在文學的思維上凝視它？他說：「因爲孤獨／一枚秋葉飄落的聲音／響徹蒼穹」、「我看到一縷輕煙，孤零零飄上天空／像妳清瘦的魂魄／我看到一片楓紅，綿綿激射出來／自妳深邃的眼底」

而三島由紀夫的「死亡的美學」，《金閣寺》在火燬中毀滅的原始意象，是遲至「希臘之旅」後才完成的嗎？其實，早在二戰中，他還在唸東京大學一年級時（約十九歲），他被派往鄉下兵工廠工作；有一天，兵工廠附近的村莊被美軍炸彈炸毀，整條街燃燒起來，他對此景象留下如此撼動人心的描述：「我從防空洞口探望出去，遠方遭受到空襲的城市景象美極了，火焰在高空那夜間的平原上映現出各種色彩，我宛如在觀賞遠方那如壯烈的死與毀滅的盛宴般的篝火。」

三島由紀夫曾自稱「其實我是日本傳統主義者」，《金閣寺》這部文學中，描寫「莫名死亡」的極致原點，其實早在他十九歲，這段生命經歷中就已埋下伏筆。

「如櫻花般，美在極處凋落」，是三島由紀夫源於日本觀點對應「死亡」的態度。江自得呢？他「死亡的美學」又源自何處？

你呢？你如何思考「死亡」？

利玉芳（一九五二～）

屏東人。曾任電臺童詩撰稿與配音、教職，加入《笠》詩社、《女鯨》詩社。早期的作品，多勇於探索女性身體與情慾世界，後期開始以客語書寫，並融入台灣政治、社會、生態、自傳等多元議題，展開對島嶼及自身的關注。風格上，修辭凝鍊，意境表達清新大膽；語言橫跨華語、客語等。

寧靜的匕首

——讀利玉芳的詩〈完妹，畫像無痕〉及〈放生〉

完妹，安靜地坐在畫像裡
天窗灑下流動的塵埃
光裡含著樹蘭花黃色的顆粒
像一束簪花插上她的髮髻

光線緩緩地挪移
黑色的大襟衫顯耀出莊重優雅
金戒指，銀手鐲在多皺紋的手腕閃亮
裙襬露出圓頭繡花鞋
完妹沒有纏足

完妹住在畫布裡
實心木的圓桌
鋪上白色蕾絲巾
魚肉挪去，猜忌挪去。操勞挪去。幻聽挪去。
青瓷花瓶擺上
彩虹彎彎的扁擔將回憶擺上
親情的溫杯擺上
數朵薔薇話花語

完妹，靜坐黑白的畫布裡
她的眼睛
注視著我向左，向右移動的腳步
我不再試探她的愛
完妹，畫像無痕

這是利玉芳在二〇一八年五月出版的詩集《放生》裡的一首詩〈完妹，畫像無痕〉。利玉芳是屏東內埔的客家妹仔。她常以「客家詩人」的稱呼為榮。

詩，要不要以「族群」予以區別？

理論上，不必，「好的詩」、「不好的詩」這樣分就已足夠。

但詩不具有「族群性」嗎？

放大一點，「文學，不具有族群性」嗎？

文學是心靈的聲音，心靈在最幽微之處，始終迴盪著族群的母音。

詩，是心靈的迴音。所以，詩應該有「族群性」嗎？不是應不應該，而是一種「必然」。

但，在台灣某一個年代，「現代詩派」盛行、喧囂的某一個年代，他們標榜「現代性」，把「族群性」、「本土性」鄙視為「狹隘」的同義詞，但仔細端詳，他們所謂的「現代」只不過就是把「玫瑰」或「牡丹」移植到台灣花圃種植，它們因此就比樹蘭、玉蘭花更高貴了嗎？

利玉芳這首詩〈完妹，畫像無痕〉，提到了「樹蘭」、「黑色大襟衫」、「圓頭繡花鞋」……如果不進一步稍微闡釋，很多人大概不容易明白，它在「客家文化」這個領域的另一層意涵。

如同曾貴海〈夜合〉一詩中的「夜合花」，「樹蘭」（客語：魚卵花）在客家人喜歡的花中，被稱爲「五香」之一，客家的「五香」（夜合、含笑、樹蘭、玉蘭、桂花），都不是外型雍容華貴的花，其中樹蘭、桂花還是「叢生」的花，外型看，它連鮮明的「個性」都沒有，再仔細一些想，這些花還都是經常在黑夜中開放，在大家不經意的時分，才默默散發出芬芳，隨著夜風把香味輕輕送到您的鼻前。

這是客家女性被認定的「完美的原型」。

薔薇，是畫像師畫蛇添足在完美的「完妹」形相上多添加的。

另外，「黑色大襟衫」，這聯結到客家女性獨特的「藍衫」，客家藍衫是有年齡、身份之分的，未嫁女兒，或新嫁媳婦，才能穿著繡有黃色及紅色細繡的「欄杆」，中年以後的婦女，則以黑邊取代之，到晚年，富貴且子孫滿堂「一家之主婆」或「頭家娘」才有資格穿上「黑色大襟衫」，如再配上「圓頭繡花鞋」，這些都是只有如利玉芳這等對客家事物及生長於客家族群文化氛圍中的文學家，才會細膩注意到並表現在文學中的，這就叫著「文學的族群性」！

「樹蘭」、「黑襟衫」、「圓頭繡花鞋」在客家人的「心理場所」是一種幽深的隱喻！曾貴海說：「我不喜歡被稱爲客家詩人」，憨話！不是喜不喜歡，而是沒這「基底」詩人根本無從站立。

利玉芳的這首詩〈完妹，畫像無痕〉，接下來行進的形式，以一種螺旋狀的詩語，逐步、安靜地越轉越深，表面上，似乎用著「白描」的手法，絲毫不帶感情的旁觀者，細緻地描述一張老婦人的畫像。

樹蘭、髮簪、大襟衫、金戒指、銀手鐲、沒有纏足、蕾絲巾、青瓷花瓶、彩虹、溫杯、薔薇……，多麼優美的一張畫，眞如名字「完妹」，如此完美，如此豐厚幸福的人生。

但利玉芳實際上要指涉的是：多皺紋的手，沒有魚肉，只有操勞、猜忌、幻聽，一生被「扁擔」壓彎如彩虹的腰背……。那是如此一幅朦朧不清的畫像，因爲淚水盈滿眼眶，因爲那是至愛的兒女眼皮下，看到的自己至親的實像！

利玉芳玩弄了障眼的手法，一個是虛假的影像的「場所」，另一個是沉澱在心裡，最最幽微的，眞實的實相的「場所」。

穿梭在虛相與實相之間，利玉芳冷不防向我們的幻覺，刺了一刀。

利玉芳是至情的詩人，充滿憐憫之心的詩人。

不，利玉芳是殘忍的人，是「內埔妹子不便宜」（註）。

註：「不便宜」客語「不好意」之意

利玉芳的「不便宜」也反映在她的另一首詩〈放生〉裡面。

手掌有悲憫的紋路
瘦弱的食人魚
因而獲得生機
小湖有容納的雅量

自卑的食人魚
羨慕異族的漣漪
畫得比它大比它圓
也想替自己的漣漪
加上一點顏色

當整個內陸河川的湖泊
被染成一種腥紅的色彩
繁衍著一種罪惡的渦流
只生存一種魚的時候

被廉價的慈悲出賣的
手
夜夜守在湖泊
垂釣游失的尊嚴

如同〈完妹，畫像無痕〉這首詩。

利玉芳的這首〈放生〉，也一樣用著平淡無奇的白描書寫技巧，用著文學中最簡單也最困難的「對比」手法。把〈放生〉到底是放「生」？還是對著其他族類的放「死」？猛插一刀在你心上。

悲憫的掌紋、生機、漣漪……如此層層優美的幻象。

然後腥紅、罪惡、渦流……令人膽顫心驚的實相。

最後，夜夜不寐去垂釣，要把「罪惡」收回。幾近「笑話」的反諷。「懷著好心做壞事」生態學家陳玉峰的這句名言，諷刺台灣人這個族群一而再，再而三的悲哀的「無知」，也可作爲利玉芳這首詩很好的註解。

台灣客家族群多小說家，鍾理和、吳濁流、龍瑛宗、鍾肇政、李喬……，大河小說滔滔而下。奇異地，卻少有詩人，曾貴海、杜潘芳格、利玉芳、張芳慈……寥寥數人，再深入看，客家女詩人，詩風多婉約；其中利玉芳卻堪稱獨特。

招招柔情似水，招招一刀斃命！

劉克襄（一九五七～）

台中人，本名劉資愧。曾任《臺灣日報》副刊編輯、《中國時報》美洲版副刊主編、人間副刊編輯、《自立報系》藝文組主任等，現任《中央社》董事長。早年以詩作起步，批判政治、反應社會現實，同時也撰寫生態散文，開闢自然寫作新局。他持續從事自然觀察、拍攝與繪畫，並研究自然誌、旅行歷史與古道，作品橫跨論述、詩、散文、報導文學及兒童文學。筆觸簡潔生動，善用感性兼具理性的文字，並顯見對台灣人文及自然生態的深度探討。

轟隆不止的地下伏流
——讀劉克襄的〈革命青年〉

我們村子到城裡讀書的師範生都失蹤了
那一天，只有多桑倉皇回來
據說他是唯一倖存的。假如我沒聽錯
那一年起，他開始變得抑鬱寡歡
最後，娶妻生子。我懵然出世
長大時，祖母說我很像他

七〇年代末，我進入大學
也許是必須註定的歷史命運吧
我好像接觸了馬庫色，也可能認識過
社會主義。那是十分茫然的年代

我和同學印地下刊物
發傳單。屢次被校方約談
我也放棄出國。一切告訴我們
沒有權利離開。難以理解的
多桑一直跟我有著激烈的爭執

八〇年代末，一切彷彿再生，又似乎結束
我與一名女子結婚
她，不知道應該如何介紹
我正在一家跨國公司任職
有一間公寓，她為我生兒子
兒子，我已存了一百萬
他將來可以留學深造。

——一九八三年十一月一日

這是劉克襄寫於一九八三年十一月的詩〈革命青年〉，這是那個年代流傳於年輕讀書世代重要的一首詩。

劉克襄和我年紀接近，在我們年輕的時代，正是逢上東亞台灣、南韓、菲律賓政治變動的時代，或說，民主正激烈陣痛的時代。

一九七九年南韓的獨裁者朴正熙被暗殺，一九八〇年發生了光州事件，大量年輕學生在光州被軍人屠殺，然後軍人拿著槍桿掌握了政權。

同一時代前後，在台灣，最優秀的律師、人權工作者、作家……，在高雄人權紀念日發動遊行，被先鎮後暴，引發事件後的大逮捕。

不久，在菲律賓，馬尼拉的落日，通紅，表面上寧靜，但那叫馬可仕的夕陽，已貼在西下的海平面了。

處在那個時代氣氛下的劉克襄，一邊在台灣各處旅行，用他生花妙筆，抒寫著他看到潮間帶、森林小徑及台灣周遭優美的海洋、候鳥。甚至翻譯改寫了很多十八世紀、十九世紀西方探險家旅行台灣留下的優美的記事。

那個時代的劉克襄到底在想什麼？如果他沒寫下〈革命青年〉這系列的詩，我們真的無法明白他的心裡的「伏流」，到底流淌著什麼？他把自己埋得很深。

相對的，宋澤萊、王世勛、王幼華、曾心儀、林文義、李敏勇、鄭炯明、黃樹根，甚至王家祥都已按捺不住，紛紛跳出來寫著隱帶革命火氣的文章……。

直到我唸到劉克襄的〈革命青年〉、〈遺腹子〉這兩首詩之後，我在心中才隱然聽到了劉克襄心中烈火「轟然」的炙燒之聲。

但我，依然不知怎麼地，想在他屁股後面踢一下，督促他明白一點，站出來對一個殘蠻的政權做些表示；那時，劉克襄沉迷賞鳥，寫了許多以「旅次」爲系列的台灣陸上、海上鳥類生態的傑出的文章，他慷慨借了一些鳥類的資料給我，也細膩回答了我有關一切鳥類知識的問題。劉克襄不知道，其實，我腦袋中隱藏著一個卑劣的，要暗算像他們那種，我自以爲是「政治懦弱者」的小說。

於是〈消失的男性〉這篇小說出現了，並引起不小的風波，我接到不少通電話，詢問我：小說中那「鳥人」是不是就是寫「劉克襄」？我伊伊吾吾不知如何回答。後來，我又寫了「烏龜族」，倒是葉石濤前輩碰到我，以他開朗幽默的黑色語氣告訴我：「我是老烏龜，你也是小烏龜！」作夢都沒想到，我的黑色玩笑之作，後來，竟成爲被翻譯成外文最多的作品。

把這首詩〈革命青年〉讀後雜感牽扯如此遠，主要是：我想對劉克襄表示歉意，在那個年代，我們其實共同都擁有「推翻暴政」同樣壯烈的胸懷，只是個人的生命經驗、脾性，對「文學」能夠發揮的力量，有不同的認識，而採取了不同的寫作方式。

有評論家指出，當年劉克襄寫那一系列「台灣旅次」的文章，只是如切．格瓦拉寫〈革命前夕的摩托車之旅〉一般的情懷，我並不想評論，畢竟劉克襄最終沒走上切的路。

〈革命青年〉的確某一個層次，寫出了我們那個世代一種深層的「精神場所」，那是混合著憤怒、暴烈、哀傷又帶有幾分「自棄」、「懦弱」的一種奇怪的氣味，一種不經過那時代，不會明白的台灣知識青年的「心理場所」。那是只有那個黎明前最黑暗的時刻的台灣年輕人才能明白的心理氛圍。

事後回顧，我明白很多台灣作家忌諱提到我們當時擁有過的「懦弱」！

「懦弱」的來源之一，不就如〈革命青年〉一詩中描述的：父親在二二八時是「唯一倖存的」那恐怖的記憶嗎？

和劉克襄的父親同一時代，同經歷過二二八高雄中學事件的我的伯父（當時他唸高雄工業學校），生前告訴我，那一天，「全班都去參加了，我因重感冒沒能去」，他爲此事，終身內疚，我十六歲聽他講這故事，仍感覺得到他慶幸之外的「恥辱感」！那是一種什麼樣的「場所」？一個什麼樣的「時代」？經歷那時代而沒有「勇敢去死」的伙伴，又抱持著何種「心理狀態」以持續活著？

從我們下一代觀點看，伯父那一代從此變得寧靜，像流著流著，在地面上失去了蹤跡的河流。但河流眞的不見了嗎？河上游的「上一代」，到河下游的「下一代」，已成了乾涸的河床了嗎？

我有一次，陪同專門研究「地下伏流水」的專家丁澈士博士，探索屏東二峰圳建造者鳥居信平百年前建造的「地下取水道」。我們順著建築體，鑽入河流底層，那是乾季，河面上佈滿完全乾涸的礫石河床，河下五公尺處，伏流水滿至胸部，河水豐沛，轟隆作響，我們如果不用繩子綁住身子，必然會被湍急的水流沖走。

是的，「倉惶回來」，當年「唯一倖存者」的熱血，仍在劉克襄胸中翻騰著，雖然他爲兒子「存了一百萬」，希望「他將可以留學深造」，但劉克襄可以保證，有了一百萬的「兒子」，不會有自己的主張「買槍革命」嗎？水在河面下以自己的姿態流著。

劉克襄的詩文學，不像「現代派」詩人喜歡賣弄玄虛，玩弄翻譯詩般的字句，以驕妻妾。他總是從容不迫，以他獨有的白描式的抒情，若無其事，像乾涸河床下的伏流水，即便在漆黑的地下取水道中，他也以固執的姿態流著。

〈遺腹子〉

一八九〇……

一九一五年，遺腹子陳念中
喜歡講中文，戰死於噍吧哖

一九五一年，遺腹子陳立台
喜歡講閩南語，自戕於一個小島

一九八〇年，遺腹子陳合一
喜歡講英文，病歿於異地

二〇一〇年，遺腹子……

——一九八二年十月

像這樣的詩，它乍看如此淺白，它的感情是如此漫不經心，但你眞的認爲它是乾涸的嗎？

輕輕地唸，如喃喃自語般唸它，開始，你會感到心中有一些浪花出現，然後，你感到水流沖來，最後，它成爲滔天巨浪，把你端坐的房子都沖走了……。

林彧（一九五七～）

南投人，本名林鈺錫。曾任《聯合報》記者、《芙蓉坊》雜誌主編、《時報周刊》編輯組及企畫組副主任、《中國時報》影視版主編、文化新聞中心副主任等。創作文類以詩和散文為主，主題著重都市生活、上班族的描繪，多以口語化字句構築詩境，詩風有現代主義的批判精神，也有浪漫主義的抒情才賦；散文則以坦誠的語言，透露出寬和敦厚的悲憫性情。

暮冬暗雷
——讀幾首林彧的〈隨想，或者所謂截句〉

・後院黃昏

櫻花正在綻開，梨花也在萌苞
距離太近了，我看不清你搖晃的心

・螞蟻上樹

奮力搶爬，天空仍是遙不可及
算了，人類不會把理想懸吊得太高

・缺腳的蟑螂

醒來時發現：呼吸很簡單
氧氣如此豐沛，繼續活下去吧

·太長

生命短暫，別把文章寫得太長
怕來不及讀完

·升降梯

有人上去，有人下來。非常呼
非常吸。等不及的，跳樓去

·兒子

紅嬰呱呱墜地，是男的
他帶著我前世的把柄而來

·墓誌銘

有事嗎？
進來再說

·葬禮

回來參加自己的告別式
記得先清理墓草，這些人隨後要來參觀

這是林彧二〇一九年六月二十八日出版的詩集《一棵樹》中，標明〈隨想，或者所謂截句〉章節中，隨手選出的幾首「短詩」。

林彧說是「隨想」也好，稱「截句」也可，依我看「質性」，就歸爲「短詩」吧。

如果在日本，它們可能被稱爲「俳」，但又不是標準的「俳」的「五七五七七」格式，石川啄木試著打破「俳」的規矩，只取「俳」的精神，他的詩被一般日本文學家以「短歌」更廣泛稱謂之。

在此，不想多探討「俳」、「短歌」、「和歌」的定義和形式。概以「短詩」更籠統命名之。

短的詩，在漢字文化圈是經常性形式，所謂「經常性」就是出現概率較多之意，「短」當然相對於「長」；多長才是「長詩」？應該不是用行數算吧？經常是依「質性」來區分。唐詩、宋詞、律詩、絕句……，對比於蒙古、維吾爾、藏族敘事史詩，一吟唱好幾小時的長度，當然相對是「短詩」了。

「短詩」傳到朝鮮，基本上仍是那種形態，朝鮮最短的詩形式「時調」，每首由三行構成，已比一般律詩、絕句更短了，但到了日本，日本的「俳」更短，雖仍爲三行，但是，是縮小到十七個「音節」，（日文一個字多數在兩個以上音節）。朝鮮作家李御寧稱此爲

「日本文化的縮小意識」，日本的「俳」是「縮小意識」，那朝鮮的「時調」不是「縮小意識」？而中國文人常會回以淡然一句：「詩，講究簡潔！」，在中國文人以不關痛癢又有自誇之意的「簡潔」處理了此問題，所以漢詩討厭蒙古人、維吾爾人、藏人，沒完沒了的「冗長的史詩」！實際上，是中國沒這傳統！台灣原住民鄒族的民族史古調，一吟唱可以一天一夜。

詩的好壞，不用說，當然無法以長短評定之。「銀河美無邊，紙門洞外天」，日本俳人小林一茶，用兩短句，透過紙門一個小洞，看到了整個宇宙！如果換作是蹩腳詩人，這境界寫一整本詩也寫不出來。

林彧和向陽是兩親兄弟，一起成長於南投鄉間，也同樣，相當年輕就已顯露文學上的過人才情。

農夫的爸爸、媽媽養出了兩個傑出詩人，可更怪異地，兩兄弟還「質性」差別巨大，用「一土一洋」當然不好比喻，但這樣比較可以大致明白，兩個人詩風、用字、選材的大不同。他們不是「蘇家三子」，而是蘇東坡與蘇西坡。

向陽喜歡取材鄉土，人物質樸，善用母語（台語）韻律，構成詩趣、詩風。

林彧才華橫溢，詩風多變，意象跳躍活潑，具象、抽象來往無礙。也因此，很難替他的

「質性」定調。要深入論他的詩，要分期分階段才講得明白。

但我在這特地選了他幾句「極短詩」的連作來欣賞評論。看林彧這幾首詩，很難令人不去聯想日本的「俳」，或者很難不去比較日本明治詩人石川啄木的「短歌」。

石川啄木對他自己的短歌，做了如此令人驚異的定調：「短歌是我悲傷的玩具」。啄木其實最衷心的是想當一個小說家，他其實也完成了幾篇小說，也得到大文豪森鷗外的推薦，卻沒在文壇上獲得好評（也許啄木覺得寫小說可以寫得較長，可獲得更多稿費），他失望之餘，就率性把寫「短歌」當作頑童「愛自己」的塗鴉或任性之言，所以，經常一寫一天一夜就以百首計。諷刺的是：他任性「最愛自己」寫下的詩句，卻使他成爲「不朽」。

當然，我意思不是說，林彧以前寫的詩不算什麼，這些短作才是「傑作」。

林彧算是「暢銷」又在年輕人之中「有人氣」的詩人。他的詩意象豐富，用詞典雅優美，講究抒情但又節制，任人一唸就會喜歡。

但自從前些年，他身體微恙之後，他少有詩作了，但新的詩作卻更加內斂，相對啄木的「愛自己」，林彧此時的詩卻呈現幾分淡然隱世的「不太愛自己」，有時還帶幾分黑色自嘲。

啄木自稱自己寫短歌的心情和重心是「……人，無論是誰，時間一過不久就忘記，或者即使長久沒忘記，但沒有說出那事兒的話頭，最後一輩子都沒說出來……」，「一生中不會再回來的是生命中的一秒，我珍惜那一秒，不想讓它逃走——」。

「抓住生命中的一秒」，剎那的感覺，用「觀」而不是用「想」的，如黑夜閃電，剎那照明花開的一瞬間，本就是「俳」的精神，也是啄木「短歌」精神的中心，這接近禪語，禪語需要寫得落落長嗎？

林彧「不愛自己」的短詩，也含蘊著如此深沉的心事吧？那是他「悲傷的玩具」嗎？醒來時發現：呼吸很簡單，氧氣如此豐沛，繼續活下去吧。

• 跳河

河畔有塊告示：精神自瀆者禁止游泳
到達彼岸的人，都是擠搭渡輪而去的。

• 落葉

踩在空中的腳印啊，告訴我：
你的家在鳥巢還是蟻穴？

・斷章

火花令人激賞，因為瞬間即逝

想呈現全貌，所以我只畫五分之一的臉。

林彧啊，連肉身與靈魂也深藏在雲霧中的咱們啊，下一秒會飄到哪兒也不知道的「不愛自己」的人！不，「最愛自己」的人！霧一散，會留下何種面貌？

但，那又和生命的「質性」有什麼關係？

暮冬暗雷，在幽深的雲霧中低吼發聲。

白萩（一九三七～）

台中人。一九五三年開始在《藍星》週刊發表詩作。早期曾是「現代派」一員，繼而成為《藍星》主幹，接著任《創世紀》編委。一九六四年與林亨泰、陳千武等共同創組《笠》詩社，發行《笠》雙月刊。創作文類以詩為主，兼及論述，其詩意深刻、想像力緻密，並致力探討生命，富悲劇精神；題材上能具體而微地展現時代下的台灣社會變遷，是一個兼具現代性和現實性的詩人。

覺悟的生與死

——讀白萩的〈水窪〉與〈睡〉

必是這塊土地的潰痕吧？
在我們通行的道路中
竟然凹陷盛了一灘夏日的雨水

分明記得抗議的行列，曾經
走過這裡；也記得威嚇的
拒馬蹲伏過這裡
留下了一些人的鞋印、熱淚、血滴
拌和著塵埃潛留在水中
成為土地的蓄膿

在水窪的邊緣
看著倒立的天空和雲彩
倒立的我和大廈

已有的是虛幻
將有的是潰爛
未來是：
烈日曝晒以及
一次又一次的雨沖和
烈陽的曝晒

這是白萩的詩〈水窪〉副題註記「給台灣」，選自一九九一年《觀測意象》。

白萩是在《笠》詩群眾詩人中，被討論最多的詩人，《笠》詩群詩人，在台灣現代詩發展中，是很特殊的存在，就如吳濁流創刊的《台灣文藝》在台灣的小說發展中的位置一般。

一九四五年，台灣在戰後，由日本殖民地變成中國國民黨政府「接收」的地區，然後，國民黨被中國人民及共產黨政權由中國「驅逐」到台灣來，成爲一個世上少見的失去「母體」而「寄生」在台灣苟延殘喘的奇怪「政治體」。

但這「寄生體」卻比台灣有史以來，任何「殖民政權」還兇暴，在這土地上，無論在「地理場所」或「心理場所」都實施了最嚴厲、最無情的「壓制」、「管控」。在這種背景之下，歷經過兩個時代過渡期的作家，無論在詩作和小說或其他形式的文學類別，如果要延續創作生命，他們必須學習另一種文字的使用，也即是由日文改變爲中文寫作。這是一種困難的轉換，但是，也因此，當時能發表文學作品的報紙文藝版或文學雜誌都常以「文學粗糙」、「用詞不精確」爲理由，將台灣作家的作品退稿，失去發表機會，就算傑出如鍾理和的作品也屢遭碰壁、退稿。即便以今日回顧，鍾理和的傑作《笠山農場》和同時代的外省作家相比不知傑出多少，竟然在文學獎比賽中，以「第二名」列名，第一名從缺，原因仍在挑剔鍾理和的小說文字稍嫌「生硬、粗糙」。其實，鍾理和小說是融合了客家話，豐富了和土地脫節的「北京話」，使中文更優美，而且更生動。

在這樣的情形下，台灣人的前輩文學家仍未因挫折而退，「我們寫自己的」，而創刊了詩刊《笠》與文學雜誌《台灣文藝》，直到今天。

白萩算是《笠》詩社早期發起人之一，之前他也曾是藍星詩社、現代派、創世紀詩社的詩人之一。他發表詩作甚早，由於才華出眾，也成名甚早。

白萩的詩，詩風多變、想像力豐富、意象的使用經常令人驚詫，有關他的詩的評論甚多，有時，甚至出現：同一首詩，有相反兩端的評論。這並不奇怪，白萩的詩創作，有如「三稜鏡」的意象使用，常使詩評論者，只能一時從他的那一面景象去詮釋它的意境。

其實，白萩，是複雜的人、是繁盛的人，甚至，也許是個矛盾的人，我並不熟識他，我就作品去瞭解他，他在《笠》詩人群中，極富「異質性」，如果，要做明白有趣的比喻，有如日本戰國時代武將中的織田信長。大部分的日本史家都說信長是武勇、多謀、冷酷之人，唯有竹村公太郎說：其實信長是最弱之人，他的「足智多謀」，就是因由於他最衰弱而多艱鉅逼出來的。

言歸正傳，白萩向來被討論最多的，也享譽最高的詩：〈雁〉

……………

我們仍然活著。仍然要飛行
在無邊際的天空
地平線長久在遠處退縮地引逗著我們
活著。不斷地追逐

感覺它已接近而抬眼還是那麼遠離

…………（節錄）

〈雁〉這首詩再三地被討論，無庸置疑的，源自它動人的意象和動人的理想主義，人的生命短促，雖然，生命的奮鬥如〈雁〉之追逐「地平線」，看似一切是如此的徒然。如同聖經中〈傳道書〉說的：「上帝給人類的擔子是多麼沉重啊，我觀察了世上的一切事，一切都是空虛，一切都是捕風……」。

世上的一切追逐，一切的理想，都是人類虛構的「地平線」啊，有涯的生命，如何追逐而抵達無涯的「地平線」？「地平線長久在遠處，退縮地引逗著我們活著」、「不斷地追逐，感覺它已接近而抬眼還是那麼遠離」白萩在〈雁〉這首詩裡隱喻的「生的本質」。其實和近三千年前所羅門王述說的〈傳道者之言〉的「一切都是虛空、一切都是捕風」，有誰能「捕捉風」？有誰能抵達「地平線」？

但「我們將緩緩地在追逐中死去／死去如夕陽不知不覺的冷去」、「仍然要飛行，繼續懸空在無際涯的中間孤獨如風中的一葉」。

白萩〈雁〉的動人就在此，他描述了令人驚詫的生的本質：如古希臘神話，那個被罰不斷「推巨石上山的薛西弗斯」。推石上山又不停滾落，但在被神最殘酷的推石懲罰中。當臉貼著巨石的痛苦時，薛西弗思體會到了，連神也不曾體會過的「用痛苦而帶來的存在感」！

欣賞白萩的〈雁〉，體會他深遠動人的「存在」的理想，其實應和他另一首詩並讀，雖然它不如〈雁〉那麼知名：

〈睡〉

一隻小鳥的死
小雄說是睡著了
從子宮裡醒出來的他
諒必認識始原的死
我已忘記
只是不眠的睡著
只是甦醒的睡著

甚至生活的睡著

半夜醒來
看一叢水仙還在搖舞
似生似醒似不眠

多長的一場醒啊
何日經過花謝
結成種子入睡

白萩在《笠》詩群詩人中，他始終清醒著，如同冷冷的哲學家，使用著冷冷平靜的字，帶點冷淡的意象，去內視自己的生命，他對詩的語言說過如下一段話令人印象深刻：「語言的存在價值，只有在心靈的感應與語言產生的瞬間而又永恒的結合才有價值。」

作爲台灣人的白萩的心靈上，是怎麼樣的一個人？我少有接觸，即便見過兩、三次面，也從未和他交談，不過，好友中和他熟識的，說：「白萩，喝了酒也會三字經出口的！」

那麼，文章起頭，我引用的他的詩〈水窪〉，是呈現出白萩另一種性格的側面吧？當「理想」之路被出賣，成爲劣質的如蓄膿般的〈水窪〉積水時，白萩如何「訐譙」呢？

……

分明記得抗議的行列，曾經
走過這裡；也記得威嚇的
拒馬蹲伏過這裡
留下了一些人的鞋印、熱淚、血滴
拌和著塵埃潛留在水中
成為土地的蓄膿

在水窪的邊緣
看著倒立的天空和雲彩
倒立的我和大廈

……

據說，織田信長在抱著必死之心出發去突襲今川義元於「桶狹間」的清晨，身邊只有幾個侍從，其他武將都還在睡覺，信長喝了酒，把酒碟子摔在榻榻米上，跳了一段「幸若舞」，然後吟聲而唱：「人生五十，相較於天長地久，如夢又似幻，一度得生者，豈有不滅者乎？」

來，乾杯，白萩！幹，這樣的人生！

〈雁〉

我們仍然活著。仍然要飛行
在無邊際的天空
地平線長久在遠處退縮地遠逗著我們
活著。不斷地追逐
感覺它已接近而抬眼還是那麼遠離

天空還是我們祖先飛過的天空
廣大虛無如一句不變的叮嚀
我們還是如祖先的翅膀。鼓在風中
繼續著一個意志陷入一個不完的魘夢

在黑色的大地與
奧藍而沒有底部的天空之間
前途祇是一條地平線
逗引著我們
我們將緩緩地在追逐中死去，死去如
夕陽不知不覺的冷去。仍然要飛行
繼續懸空在無際涯的中間孤獨如風中的一葉

而冷冷的雲翳
冷冷地注視著我們

曾美滿（一九六三～）

雲林人，曾任台灣母語學會雲林分會長，現任教師。二〇一四年開始從事台語詩創作。作品曾榮獲《台文戰線》文學獎台語現代詩頭獎、雲林文化藝術獎文學類新詩首獎，桃城文學獎新詩優獎、國家文化藝術基金會文學創作獎助等。

從腳下尋找詩

——讀曾美滿的〈我的爸爸沒有錢〉、〈城市沒有電〉

爸爸出車禍，但我沒有錢
聽說有上帝，我閉著眼
禱告，請上帝垂聽
我沒有親人，世上只有爸爸
爸爸不愛我，他愛酒瓶

警察說爸爸錯了：
「酒醉逆向駕駛！」
爸爸輕微擦傷皮，我卻撞碎了心
眼淚流不止。我討厭爸爸

卻怕沒有他的黑夜會孤單

我在資源特教班上課
不是天生暗啞，只是不擅長
面對人群辯說的技巧
同學說我有怪味、裝聾
沉默是我最佳的防衛
日子裡矛盾的變成
喜歡上學不喜歡同學

老師說我的爸爸沒有錢
是我被轉學的理由
爸爸會入牢我的新家很遙遠
我真的有祈禱、很用力

為何上帝比我更暗啞
一直一直……
聽不見

——收錄於二〇一八年十二月詩集《月光女孩》

這是曾美滿的一首詩，詩名〈我的爸爸沒有錢〉，在詩末有一則附錄：一個弱勢的學童對老師說：「老師，明天我要被轉學了，因爲我爸爸車禍被罰，沒有錢繳款。」

曾美滿任教於小學，這也許是她教書生涯眞實碰上過的事吧？這件事也許刺痛了擁有一顆易感的心的曾美滿，因而寫下了這樣一首詩。

二十世紀偉大的植物學家林德，一輩子從事生態研究，明白很多物種在地球上的人類還沒有被教育、瞭解之前便已絕種了，他感嘆人們的「不經意」是這些物種「絕種」的原因，只因爲絕大部份的人，沒有被好好教育成對生命有「痛感」，所以林德留下一句名言：「教育終極的目的，是使人維持對生命的痛感。」

曾美滿的這首詩是一篇唸了會令人產生痛感的詩，模仿孩子平淡的語句，若無其事地述說，但卻隨著簡單事態的進行，「爸爸不愛我，他愛酒瓶」、「爸爸出車禍，但我沒有錢」、

「老師說我的爸爸沒有錢，是我被轉學的理由」、「爸爸會入牢，我的新家很遙遠」……。簡單的詩句，簡單的故事，蘊含著不簡單的憐憫，不簡單的控訴。這顯現了曾美滿作爲一個詩壇新人，她含蘊有作爲詩人最重要的資質：對生命有著敏銳的痛感！

曾美滿也許有著很好的古典中國詩詞的修養，所以她收在《月光女孩》這本詩集中的詩，也有些詩表現出她那種富有古典美的抒情：

雨，是斷句的詩
詩，是穿線的雨
雨，滑下了天空
任風，錯剪了線

雨是詩，詩是雨
紙墨間流淚相聚

這的確是散發著古典優雅之美的詩句。

其實，在台灣、香港、中國，甚至新加坡、馬來西亞華人區，這些地區的華人作家，都用著中文寫作，但長久以來，各自融入了各地不同地理、人文、風情，早已形成了不同風貌的「中文風味」，使我們容易分辨哪些作品是哪些地區華人作家的作品，也就是「一種華文多種表述法」，如果要舉例，在非洲有些曾被英國殖民過的國家，雖然至今仍在使用著英語，但他們使用的英文已被非洲的意象充滿，語句也顯得更加簡潔，因此，有些專家乾脆就叫非洲人使用的英語叫「非洲語」。

台灣作家在台灣寫作，雖然也使用著中文，但很多文評家卻喜歡以「張愛玲式」、「白先勇式」的文字使用視為文學語言的「典範」，而反映台灣特色、加入台灣風味的文學語言反而常被視爲「粗糙」、「不標準」而有貶意，鍾理和的文學在他創作的時代，他的作品就屢受到如此的貶抑。

其實文學語言是活的，最能表現作品背景風土人情的語言，就是最好的文學語言。

從曾美滿的詩集《月光女孩》，我們看到她使用文學語言的巧妙能力，但有時也許就由於她太想表現古典文學造詣，而使得她整本詩集顯不出她獨特的風格來，這就像三島由紀夫早期的作品，由於他崇拜森鷗外，故而在初期的作品中，經常露出太多「森鷗外之風」，要等到〈假面的告白〉出現之後，所謂「三島式的語言」才正式成型。

因此基於同樣的理由，與其朗誦曾美滿那古典式抒情的〈雨中詩〉，我還更喜歡她這首詩〈城市沒有電〉：

城市沒有電的夜晚
心　打開了月光
追風在幽暗的小路
記憶　微亮

點蠟燭的童年
影子拓遠媽媽的巨掌
小狗和蝴蝶　翩翩翻飛
嫩稚的手握起彩色的
夢，在停電的暗暝

阿嬤蒲扇輕輕搖
古老的故事
門口埕草蓆上　流轉
笑聲嬉鬧　盪亮
無燈的夜空

城市沒有電
童年的夢
很亮

註：八一五全台大停電

這樣的詩，很容易使人聯想到黑澤明在電影《夢》一片中，「水車村」那段故事，那老人所講的一句話：「燈這麼亮，怎麼看得到天上的星星呢？」

〈我的爸爸沒有錢〉，因爲爸爸「沒有錢」，這個「事實的場所」，喚醒了閱讀者內心中深藏的「良知的場所」。而〈城市沒有電〉，很清楚地，則是在城市停電時的「漆黑的場所」，反倒促使心中「光亮的記憶的場所」不可思議地格外閃亮起來。使人對「有」和「沒有」有更深沉的哲思；這才是曾美滿自己的詩的風格。

〈我的爸爸沒有錢〉、〈城市沒有電〉，同樣是「沒有」，一個隱喻的是「沒有憐憫」的世間，另一個是因爲「沒有」，反而帶來更多遙遠遙遠的「美好時光」。把曾美滿這兩首詩併起來唸，格外有意思，令人會心一笑。

郭漢辰（一九六五～二〇二〇）

屏東人。曾任《台灣時報》記者、《民生報》特派記者、屏東《文化生活》編輯等，後專事寫作。創作文類包括詩、小說與報導文學，詩作傾向寫實主義，小說善剪裁任職記者時期親歷聽聞的事件，寫實性強；報導文學則以屏東縣在地采風為主，呈現當地歷史發展與城鄉面貌。

在死亡的浪濤間飛翔
——讀郭漢辰的〈汪洋〉

我究竟飛在世界的盡頭
還是天地的起源？
雙眼所望盡是碧藍波濤
氣流把翅膀吹得微微抖顫
鹹鹹海風吹入嘴裡
我，竟吞進一整片汪洋的
晶瑩

我撞入的究竟是搖搖晃晃的藍玻璃
還是對前世的纏綣？
汪洋裡振翅飛翔的身影

到底要飛向何方
飛向生，抑或飛向
死。我竟聆聽到家鄉及母親
在那遙遠距離的
聲聲呼喚

我最末穿飛過倒映的藍色幻象
穿飛過虛無的生與死
大海竟昂然站起來
伸出巨掌想將我揪捏手裡
我以側飛躲過迫襲
潑了一身海水後
我仍拍打著沉重的翅膀
飛向披浴暖暖陽光的
南國天地

這是郭漢辰在二〇一一年十二月收在詩集《閱讀土地的詩行》裡的一首詩〈汪洋〉。

誠如詩集的名字，「閱讀土地」是這本詩集的核心，而郭漢辰指涉的「土地」，甚至更特定的是指「屏東」，他故鄉的「場所」，作爲全體的象徵。

詩集分爲四卷。就如大家印象中的屏東，是「山與海」占絕大面積，地形狹長，北寬南窄，越往南方的「恆春半島」，山與海就更加迫近，最後長浪、短浪就日夜拍打在山崖之下。

「恆春半島」是台灣極爲特異的「地理場所」，它是台灣唯一面對三大國際海洋的交界點，東臨太平洋、南向巴士海峽、東接台灣海峽。在半島的南端，更是海洋重要的暖性洋流「黑潮」的分流點，「黑潮」在此被尖銳深入海洋的岬角一分爲二，由南向北。一往東沿台東、花蓮而北上，一往台灣西部沿海逶行北上，在澎湖海流，成爲史書上大大有名的「黑水溝」。然後一分爲二的黑潮，在台灣北方海面又合而爲一，北流向琉球、日本。

山與海、洋流，另外加上季風，夏季西南季風，冬季東北季風；寒冷的東北季風，冬季中旬，呼呼由東北方吹襲而來，在北屏東被最後一座三千公尺的「護國神山」——大武山系擋住。北大武山是台灣二百六十多座三千公尺以上高山中，唯一自平原地帶拔高而起的最南端高山。北大武雄狀威武，南大武秀麗婉約；奇異的是，中央山脈自此，逐次降低，到恆春半島，降至一、兩百公尺成爲岬角小山，撲落海中。如此，長條中央山脈在屏東形成如「北高南低」的一道屏風；冬季由東北面襲來的季風，被此「地理屏風」擋著，能量蓄積，終於如溜滑梯般，在屏東最南端，翻山而過，形成鼎鼎大名的「落山風」。

用了如此長的文章描述，爲的是要解釋屏東這台灣極爲特殊的「地理場所」；因特殊的地理場所，自然也因此形成多民族、多生態樣態，最重要的：由地理、生態、種族文化形成的多樣而迷人的「心理場所」。

鳥類和人類的互動，是這「地理場所」、「心理場所」，交互搓揉的南台灣最迷人的「文學、美學空間」。

台灣只有三萬六千平方公里的地理面積，但在台灣來來去去，或在此永佇停留、生養後代的鳥類有六百六十三種，這是一個驚人的數字，所以台灣一直是「賞鳥人」的聖地。

候鳥、留鳥、迷鳥、過境鳥，台灣什麼鳥都有，最大的數量是台灣人——憨鳥。

台灣人以前只有「吃鳥文化」，沒有「賞鳥文化」，更沒有以「鳥精神」形成的「神鳥文化」（台灣原住民除外），台灣恆春半島數百年來形成有關鳥類的諺語中，最有名的一句話是「南路鷹，一萬死九千！」。「南路鷹」指的就是世界賞鳥界的奇觀之一，過境鳥灰面鷲。每年冬天由西伯利亞隨風南下，沿東亞大陸邊沿南飛，越過台灣海峽，到達台灣島，順落山風而來，到達恆春半島，然後，然後……，牠們碰到野蠻的吃鳥民族，「來一萬，就被吃、被抓捕九千隻」，只有約十分之一可以奪山而出洋面，到達溫暖的目的地菲律賓，在那兒生蛋、孵雛，繁衍下一帶，第二年夏天，北返，再次飛過「生死地」——台灣，連同下一代，殘存的才能回到西伯利亞。

灰面鷲的「生死之旅」就是一個偉大的象徵和隱喩，而在這「隱喩」的故事中，地獄之地是台灣，在灰面鷲的世界，台灣不是「伊啦——福爾摩沙」（美麗之島）。

持續幾百年的「吃鳥文化」，代表著這個民族，最起碼在幾百年歷史中，是一種「眼中看不到地平線」，而只及「肚臍以下」的民族。

「地平線的追逐」是台灣民族直到近年才形成的「迦南地夢想」的文學夢中夢。

說到「地平線」，在台灣詩歌中，很難不令人聯想到白萩的〈雁〉，追著落日，冷冷的雲，冷冷在前方，一直逗弄著夢想，不倦息地飛著，面臨四面八方可能隨時到來的「死亡」，腦際、眼際只有冷冷地懸在「遠方的地平線」。

也許「地平線」飛著飛著，由一直線，成爲優美的山稜的曲線，然後，在恆春半島稍事停留，度過一個「暗黑的殺戮」夜晚，天一濛濛亮，群集衝飛而出，往更大的洋面飛翔而去，面對未完的旅程，在此白萩的「雁」，接上了郭漢辰的「灰面鵟」。高空上冷冷的雲，接上郭漢辰，寬闊危險的巴士海峽洋面。

白萩的〈雁〉，朗誦時有如冷冷的自喃，孤獨的、堅定的，成為天性底層，安靜且帶幾分神經質的心理流動。

而郭漢辰的〈汪洋〉不是，它是交響樂中，象徵危機四伏的雜亂樂章，憤怒的琴鍵，如子彈般飛來的鍵音。「鹹鹹的海風吹入嘴裡／我，竟吞進一整片汪洋的晶瑩」，前方不只是藍藍的天、冷冷的雲，是「搖搖晃晃的藍玻璃」、「到底要飛向何方／飛向生，抑或飛向／死。」、「大海竟昂然站起來／伸出巨掌想將我揪捏手裡。」

寫這篇「讀詩筆記」時，我的心愛摯友，郭漢辰已在睡夢中安然過世。在凡間肉體的生命，已然「塵歸塵、土歸土」。但我堅信，他一定還活著，活在追逐「地平線」的夢之中。

「我以側飛躲過追襲」、「我仍拍打著沉重的翅膀／飛向披浴暖暖陽光的／南國天地」。在甜酣的夢中，朋友，我仍和你一起，重疊在「追逐地平線」的奮鬥中。

飛吧，穿越死亡的幽谷，側飛閃過死神的撲襲，甚麼也無法阻擋一種夢，那飛向遠方，平靜的夢、冷酷的夢、甜蜜的夢。除非心上有昇華慾望的人，永遠不會明白的夢。

涂妙沂（一九六一～）

台南人。曾任職出版社、《民眾日報》藝文組主編、《臺灣時報》副刊編輯。曾獲南瀛文學獎現代詩首獎、臺北文學獎、林榮三文學獎、打狗文學獎、葉紅女性詩獎、孟加拉卡塔克文學獎、吳濁流文學獎小說正獎、府城文學獎散文類等。散文作品入選高雄縣中小學台灣文學讀本、《幼獅》青少年自然文學讀本《花紋樣的生命》、《岡山文選》等。著有散文集《土地依然是花園》（二〇〇六）、台語詩集《心悶》（二〇一六）。

「反抗」是「存在」的宣誓

——讀涂妙沂的近作〈漂浮〉、〈陰道的想法〉

你的名字跟著咖啡漂浮
你總是這樣漂浮
在女人的微笑與身體之間
你的名字總是跟著花朵漂浮
在已經混濁的河流
那裡曾經寫著你的深情
把深刻的感情寫在河流之上
本來就注定要漂浮

你的臉跟著咖啡漂浮
你的微笑總是這樣漂浮

從這裡到那裡
漂浮過女人的私處

你的臉跟著河水漂浮
從這裡到那裡
你的詩總是這樣漂浮
從女人的私處
漂浮過
一處又一處
你為何選擇漂浮？

移民後裔的悲傷嗎？
從這裡到那裡
漂浮　漂浮

這是涂妙沂最近的詩作，剛寫完還未收入詩集裡的最新作品。

朗誦著她的這首詩，以及其他系列作品，我只能說：驚詫夾雜著複雜的情緒，在胸中糾結著，很難用普通的言辭去述說心裡到底是「感動」或「不感動」，那是超越單純情緒波動的震撼，尤其當我把它和她另一首叫〈陰道的想法〉的詩併讀時：

她的陰道是真實的
相信我
沒有生育過兒女
少女的陰道
讓我迷戀無法自拔

她的想法是真實的
相信我
你不會想慢慢享受
沒有生育兒女

少女般的癡情
常常讓我驚愕不已
我想臣服於溫柔的陰道
不想臣服於荊棘般的思想

可悲的是
陰道與思想是同一組零件
無法拆開使用
這才是我跟她
悲劇的開始

朗誦著這首詩，美嗎？不美嗎？涂妙沂用了優美的語言的韻律，抒情的明喻與暗喻卻冷靜地以一把匕首，無聲無息插在一個傳統男性中心者的心中。刀勢優美，含淚出刀，還帶著幾分笑意，啊，「含淚的殺神」！

日本名作家渡邊淳一，曾講過如此一句撼動我心的話，「把男人和女人同歸屬爲：人類，是一種錯誤，最起碼也應該分爲『男人類』與『女人類』」。

渡邊淳一曾唸過醫學院，只是他後來沒有選擇當醫生，而當了作家，由於他對於人體生理結構的瞭解，在小說描寫中常常帶給一般人當頭棒喝般的出乎意料的語言。

這句話是什麼語言？一個男人常把女人的生理觸覺寫到這樣的地步！你確定渡邊淳一身上只存在一種「男人的靈魂」嗎？你不會懷疑渡邊是「雌雄同體」的存在嗎？

最起碼應該分爲「男人類」和「女人類」！渡邊淳一用這句話區分「男人的世界」和「女人的世界」，是以醫學的「純生理區分」？還是他認爲男人、女人在「生理」或「心理」都是截然不同的存在？

英國世界著名的女人類學家瑪格麗特．米德卻抱持著和渡邊淳一純然不同的看法，她在新幾內亞著名的人類學研究調查，有關三個原始民族部落：蒙德古莫族、阿拉丕族以及強布里族的田野結論：人類「男女角色」扮演的差別，事實是因由於「文化期待」，而不因由於「生理區別」！這樣說明瑪格麗特．米德的研究，也許有過於簡略之處，但主論述的軸心應該就是如此。

那麼，台灣人的傳統文化中，如何規範「男人的角色扮演」和「女性角色的扮演」呢？那似乎不用再贅述了吧？

文學就是「民族的靈魂」，台灣文學中有關女性角色的描寫，自然也是順著這種模式進行的，像葉石濤描寫西拉雅女性，在「性行爲」行動採取主動，甚至片斷出現「征服」、「吸納」的動作描寫，是破天荒而驚人的。但葉石濤終究仍是潛藏著「男性中心」台灣傳統沙文主義思維的人，他其他篇章描述中仍常露出「男性中心原型」。

在台灣文學中，第一個大膽跳出來，以性抒寫，徹底表示「性反抗」姿態的作家是小說家李昂，李昂從《人間世》青澀少女時代就已經展現如此的姿態，而極致之作就是著名的《殺夫》。

至於詩人的部分，「性反抗詩」記得王麗華寫過幾首，意識是清楚的，但詩的韻律並不美。

涂妙沂最近這幾首詩卻令人驚艷，抒情的文學韻律，令人印象深刻的意象，使人忍不住聯想到日本的與謝野晶子，但與謝野晶子的文學又太優美了，除了內容大膽，詩的意境全然掩蓋了她的「性反抗」的意識，甚至對男性表示了過多的「寬容」，那姿態像「大姊」，或者甚至像「母親」。

但涂妙沂最近的連作，卻不是如此的，她以同樣的優美的詩句，表達了深刻的台灣文化中對「男性中心主義」的縱容，對男性「虛假的情感欺騙」，毫不客氣的批判！

「男人」、「女人」在涂妙沂的眼中，都必須先是一個「完整的人」！「女人」並非「男人的一半」，「男人」也不應該是「女人的一半」，「男人」、「女人」就算是情投意合，互相相愛，也必需是「一加一」，而絕不是「二分之一加二分之一」！

男人爲何要藉著「漂浮」的咖啡或花朵的名義，從女人的「一條河流」，理直氣壯「漂浮」到另外女人的「另一條河流」之上？男人爲何要尋求許多的藉口，來爲「漂浮」於女人的雙腿之間找盡理由？

男人又有什麼理由認爲女人「溫柔的陰道」必須和「荊棘般的恩怨」分離？男人不能明白，並坦然接受，這兩者不可「拆開使用」的嗎？男與女的「悲劇」是命定無可反抗的嗎？

我被渡邊淳一的小說棒擊過，這次我被涂妙沂打了更重的一棒！

「我反抗」是因爲「我存在」。

「女人」不是反抗「男人」，也不是「同情男人」，女人因由於是「一個完整的人」，才希望她愛的男人「也是一個完整的人」。

「做一個完整的人」才是涂妙沂在這系列「性反抗詩」眞正要呈現的中心思維。

觀世音的慈悲，可以以「男相」，也可以以「女相」呈現不是嗎？何關男女！

詩的雉刀術

——讀涂妙沂的〈陰唇學〉再論「性反抗」詩

男人親吻陰唇的嗜好
就像政客湊向權利風暴
都是感覺的核心
陰唇如同金權般甜點
軟綿綿可口無比
深深挖掘人性底層
女人滿足的呻吟
就像政客舔舐商人的口袋
在緊鎖金庫的時刻
也不自覺呻吟一聲
男女的親密關係不足為外人道也
政商的親密關係亦不足為外人道也

這是女詩人涂妙沂最近的連作之一，涂妙沂近日系列有關「性反抗」的詩作，令人瞠目結舌，用詞及意象使用之大膽、鮮明，前所未見，從某一個層次看，她清醒明白，自己在詩的創作上，已走到另一個世界的「門坎」。

可貴的地方就在這裡，她對自己作品的指涉是「清醒而明白」的，她不是憑一時靈感和衝動而創作的。

「男與女的關係」到底是什麼？在我們今日台灣（甚至整個華人世界），如何看待所謂「男乾」、「女坤」的千年腐敗秩序觀念？

當女性恢復爲「人」的位置，當她被和男人同等放置於同是「完整的人」，而不是什麼「乾」與「坤」之別的立場思考的時候，女性應該有什麼樣的風貌？

華人文化分別，男爲「乾」，女爲「坤」；男爲「天」，女爲「地」；男爲「陽」，女爲「陰」，爲此千年謊言還辯解說是：「並無『歧視分別』之意」，而爲「珠聯璧合」，合而爲同的。但那是，最大的騙局、話術。

所以，它的眞正內涵是「採陰補陽」，以「坤」配「天」的，天之至神爲「帝」，地之至神爲「后」，海之至神爲「妃」。認眞思考一下，它是什麼哲學思維？

拉回到文學層面，再縮小到現代文學，在文學書寫上，再縮小到更細微的「性抒寫」，男性毫無摭掩寫性，如何被「看待」？女性作家如果以女性感受，細膩抒寫，又會被如何看待？白話文性書《金瓶梅》、《性史》，用什麼筆調、角度，細節書寫？

涂妙沂最近兩首詩：一首叫〈陰道的想法〉，另一首就是這首〈陰唇學〉，她毫無隱晦，就是以女性性器官的感受爲直抒，去創造另一種隱喻、明喻，她全不管什麼「乾」與「坤」、「天」與「地」、「陰」與「陽」的古老秩序，全然地以一個「完整的人」，應有的感性與理性直白闡述出來。

她在〈陰道的想法〉中，直抒「陰道與思想是同一組零件，無法拆開使用」。

在〈陰唇學〉這首詩中，她更不加迴避，就如此直書：「陰唇如同金權般甜點，軟綿綿可口無比」。雖然，用了兩個不同的角度，但直接以「地」之立場，顚覆「天」的高高在上無可侵犯的執念的質疑是明確的。

小說家李喬曾有一篇小說：〈恐男症〉，曾經很戲劇化地，針對台灣社會習以爲常的「辱女文化」，以小說方式，象徵性地以一個私人金融機構不成文規定，女性行員結婚必須辭職離開職務的「暴力化體制」爲題材，以非常戲劇地，當女職員主管以「捲起來的辭職書」

丟到她桌面的時候，她似乎看到了那是「陽具」！

捲起來逼女性離開權利位置的「陽具侵略」，在涂妙沂的詩中，被反置過來，成為男性權力迷戀，如同迷戀「陰唇」的「甜美」而「軟綿綿可口」！譴責意味相同，姿態何其不同！

至此，涂妙沂對台灣男性沙文主義社會思維的反抗已不單純是指「生理的場所」，也不只是純「心理的場所」，而是「心理、生理場所」全面的反抗和嘲諷，但那不是一種「怨念」，而是更大的「可憐」、「同情」、「憐憫」！哇！難道這不是台灣社會，尤其是目前政治社會、企業社會的事實嗎？政與商的「野合」，「政」依恃「商」，「商」苟合「政」，不是如男與女「親吻」與「被親吻」陰唇的「呻吟」嗎？

這樣的詩，肯定是要被台灣某些詩評家棄之一隅的，因為他（她）們不知要如何評論？也許以「不美」、「不入流」或「那不是詩」，如此比較容易隱藏自己的不安吧？

在日本文化，有些男性被訓練成「武士」，「武士」的某一個精神層面是，要能堂堂皇皇以「太刀」對決；而當戰爭攻城時，武士要壯烈決鬥分勝負才值得尊敬，女人是當城破時，才被賦予以頭綁白布，手持長雉刀，做最後的抵抗，失敗，自刎，才符合「貞烈女人」型格。

如果以此比喻涂妙沂的姿態，她根本就不是躲在城內，準備最後一搏，以等死的來臨之規矩女性，她是一聞家鄉被攻打，便一執長雉刀，站在大門口，一婦當關力戰到底的。

那本來就是台灣祖媽本色風格，一八九五年，日本侵台戰役，就有如此記錄：前一刻才殷勤故作歡迎日軍的台灣婦女，「下一刻，竟從意外角落，執槍衝刺而出！」日軍記錄：「以此看台灣土民之『卑劣』、『懦弱』！」

但在西方戰地記者眼中：「她們有如傳說中之亞馬遜女戰士！」

涂妙沂不只有溫柔婉約一面，她有時也如「傳說中的亞馬遜女戰士」！

張芳慈（一九六四～）

台中人。曾任國小教師、《笠》詩社編輯委員、《女鯨》詩社同仁、臺北市客家文化基金會常務董事等。二〇〇一年起投入客語詩創作，創作文類以詩為主，兼小說、散文。題材涉及對台灣人文與土地的關懷，表達細膩而真摯的情感；近年投入客家詩，以女性觀點關懷客家文化，是晚近客家詩人的代表。

流離於浪漫和義憤之間

——讀張芳慈的〈就踩著我吧〉及〈我們來唱一首歌〉

把姿勢蹲低一些
就踩著我吧
除了骨頭還夠硬
不靈活的我已經翻不過
那道眼前矗立的黑暗
可是年輕人啊
往前的未來不屬於攔著不放的這一邊
還有夢想等候你們的到來

當作是鋪在家園的一顆石頭
就踩著我吧

咬緊牙關我們會撐過
那生了根的四肢
背脊挺起頂住
就像祖先們在戰役中的意志
只要行動的年輕人啊
攀過去別管我是誰

我們的傷口位置不同
就踩著我吧
聲音已經瘖瘂
這樣的夜讓愛包圍
剩下的痛覺是因為黎明還遠
別回頭看被揭起的疤痕
年輕人啊
請從新世界帶著你們的旗幟凱旋回來

這是張芳慈收集在詩集《那界》（二〇一八年出版）的一首詩，因爲沒有標記詩寫作的日期，所以確切創作的時間並不清楚。

不過，由詩的內容，應該是指涉太陽花學運，學生反對台灣和中國簽訂「服貿協定」而走上街頭的時候吧？

那一次的學運先是攻占了立法院，後來又有趁著黑夜包圍並越牆進入行政院前廣場的行動，天亮之後，學生遭到了警察暴力對待，以多數學生流血告終，但也因由於這次的學運，影響台灣命運至鉅的「服貿協定」終於被中止。

由詩的內容，大概可以揣測出張芳慈想必也在現場，或者最起碼也從媒體畫面中看到了整個事件的過程吧？

在一九八〇年代，我在韓國首爾的街上，也親眼目睹過，韓國大學生爲了爭取民主而和鎮壓的軍警發生對峙的場面，韓國學生的勇猛比台灣學生有過之而無不及，連汽油彈都出場了，「轟——」一聲，火光迸濺，場面駭人，當然學生被鎮壓的慘烈更殘酷，被打得滿臉是血，警察要把學生推入鎮暴車，有更多學生衝出來搶人，然後，更多人被毆，推上鎮暴車。我訪問了一個從春川市來的學生的母親，她在首爾 YMCA 工作，她兒子在學生隊伍中，當他受傷的時候，她衝出去，幫她兒子包紮，然後——不可思議地，她竟又讓她兒子回到抗爭的隊伍，我問她：「妳爲什麼不把兒子拉走？爲什麼讓他回到隊伍中？妳不知道那很危險嗎？」

她的回答令我動容，也終身無法忘懷：「因爲我知道我兒子做的事是對的！」

張芳慈這首詩，令我不自覺，回想到那個韓國母親的面容。

在我們年輕時代的九〇年代，我也參加過多次的街頭運動，後來經由一次又一次的運動，加上獨裁者蔣經國的死亡，台灣逐漸地走向上了「較民主」的社會。但當台灣本土力量逐漸壯大時，失去執政權的中國國民黨卻和昔日的敵人共產黨私通，卑躬屈膝的容顏使年輕一代再次憤怒，重新走上了街頭。

但，也在同一個時候，我們已逐漸老去了，我們能做的是什麼？不過就是：

把姿勢蹲低一些
就踩著我吧
除了骨頭還夠硬

不靈活的我已經翻不過
那道眼前矗立的黑暗
可是年輕人啊
往前的未來不屬於攔著不放的這一邊
還有夢想等候你們的到來
…………

爲什麼蹲下來，當做墊腳石一般，向年輕人呼喊著：「就踩著我吧，翻過那道黑夜的圍牆！」，不就是如同那韓國的母親說的：「因爲我知道我兒子做的事是對的！」

在諸多台灣文學作家中，很奇異地，客家籍的作家多有小說家，尤其是大河小說的創作者，如吳濁流、鍾肇政、龍瑛宗、李喬……但是寫詩卻很少，尤其是女詩人，除了杜潘芳格、利玉芳、羅思容，大概也就剩下張芳慈，不，也許我的調查不夠精確也說不定。不過，客家女詩人把詩寫得好的，人數偏少（尤其相對於福佬籍、外省籍），卻也是事實。

杜潘芳格的詩，文句優美，平和，帶著幾分日式詩人的美麗與哀愁，利玉芳的詩，卻經常「棉中帶刺」，表面傳統、保守的樸實中，卻語中暗藏匕首，招招柔情，招招殺機。

張芳慈的詩，顯然和前述兩位女詩人不同，帶著她非常「異質性」的韻味，很難以形容的風格；她的詩，尤其是情詩，文字浪漫，意象鮮明，如同醇酒，後勁十足。她的情詩，層次多而回甘不絕，有客家山歌的韻味。

但如果說，張芳慈只是個浪漫派詩人，似乎又不盡正確，從她眾多的詩作品中，我們也看到了許多她對於台灣時勢、歷史關切的一面，有時甚至呈現出一點點剽悍的性格，就如同這首〈就踩著我吧！〉，氣勢和架勢十足，宛如一八九五年日本軍隨軍記者，描述在新竹一帶碰到的客家婦女：「不可思議的，從竹林中，竟衝出一批穿著藍色衣衫的婦女，雙手光端著槍，向我軍衝刺而來……」。

不過，張芳慈最動人的詩，還是在當她把自己的故鄉，模擬成近乎戀人或母親一般的存在，而用著最深最深情感吟哦而出的詩歌：

〈我們來唱一首歌〉

太平洋啊
我們來唱一首歌

沒有歌詞
但所有人都懂的哀傷

福爾摩莎的風吹起
河也嗚咽起來
巴士海峽失去耳朵
聽不見我們的歌

後浪的氣勢就要來了
沒有歌詞
但所有人都懂

抒情又帶著幾乎難以解開的鬱結，以及幾分自勵的辭韻，很自然地就會想起客家前輩作家吳濁流的名言：「亞細亞的孤兒」。

已逝旅日學者戴國煇曾形容，吳濁流之所以發明出「亞細亞的孤兒」這名詞，主因由於他是客家人，台灣的客家人尤其能體會「孤兒」的況味。

其然乎？豈其然乎？但「孤兒」也終要長大成人獨當一面，在深切的壓迫中，昂然成爲男子漢，不，女英雌，如同大衛無畏於巨人歌利亞的脅迫，不是嗎？

後生們，你（妳）們「就踩著我吧」，翻過那阻擋你們前進的黑夜的高牆，如時代前進的巨輪輾碎一切反動勢力，轟隆向前！

三、戰後世代：客語、台語

曾貴海（一九四六～）

屏東人。曾任高雄市立民生醫院內科主任、高雄信義基督教醫院副院長、《文學台灣》雜誌社社長、臺灣南社社長、鍾理和文教基金會董事長、臺灣筆會會長等，近年積極投入社會運動和環保運動。創作文類以詩為主，兼論述、散文，初期呈現浪漫主義風格，筆調濃厚抒情，後期則兼具自我省思和社會批判；內容觸及日常生活、客家風采、自然書寫、歷史、生命哲學、後殖民書寫及信仰等；語言則橫跨華語、客語。

「客語」

神聖與肉慾空間的疊合

——談曾貴海的〈夜合〉

日時頭，毋想開花
也沒必要開分人看

臨暗，日落後山
夜色趻山風湧來
夜合，佇客家人屋家庭院
惦惦打開自家个體香

福佬人沒愛夜合
嫌伊半夜正開鬼花魂

暗微濛个田舍路上
包著面个婦人家
偷摘幾蕊夜合歸屋家

勞碌命个客家婦人家
老婢命个客家婦人家
沒閒到半夜
正分老公鼻到香

半夜
老公揑散花瓣
放滿妻仔圓身
花香體香分毋清

屋內屋背
夜合
花蕊全開

這是曾貴海的詩〈夜合〉，是他的詩中最常被提到的作品，由於巧妙使用了客家語言的韻律，唸起來格外有節奏之美，尤其沿襲了客家山歌中，男女含蓄又熱烈的「性含意」，優美中令人莞爾，因此，常被人稱爲「客家詩」中的代表作之一。

但曾貴海不喜歡被人稱爲「客家詩人」，更不喜這首詩叫「客家詩」。

「我是台灣詩人」，「夜合是一首好詩」，如此而已。曾貴海這樣說。

蕭洛霍夫是哥薩克人，他的《靜靜的頓河》是了不起的「俄國文學」。

這在俄國無人不知，也無人不曉。他是「哥薩克人」，更知道《靜靜的頓河》是寫哥薩克人在紅色革命時代的歷史。

但在俄國文學中，沒有人特別討論蕭洛霍夫的民族身份，因爲「哥薩克人」也是「俄國人」的一部分，而且《靜靜的頓河》作爲一部作品夠偉大到不必討論它「是不是哥薩克文學」。

言歸正傳，「客家人」在整體台灣人中是不是特殊族群？它特殊到和別的族群「截然不同」嗎？答案，無論是在血液基因和文化性格上都是「否定」的。

「客家」和別的族群最大不同之處，其實只在「語言」而已。客家只是一種「語族」及附屬「語言」的相對特殊性。但客家在語言附屬的一些文化習俗、區域特色，的確有它某些程度的「特殊性」。

「場所」，這個社會學的概念，常常包含了地理上的「空間」及其所營造的「心理氛圍」，所以它同時具有實質的和抽象的兩種範圍。

祖堂、神明廳這是實質的「神聖空間」，一個莊嚴的信仰「場所」，很多俗世的行爲，如嬉鬧、打罵、吵架，不可在這些「神聖空間」中進行，這些是大家都知道的潛規矩。夫妻房、臥室，相對於此「神聖空間」，當然就世俗得多，尤其夫妻之間的關係，這是最私密的「俗空間」。

曾貴海詩中提到的「夜合」這種花，是客家人最喜歡的五種香花之一，其它還有含笑、樹蘭、桂花、玉蘭，客家人習稱它們叫「客家五香」。

但「夜合」在五香中，對客家人又特別富含多重意義，尤其當它和福佬意含對比的時候，更顯出它的特殊性。

福佬稱「夜合」叫「查某矸仔花」，意思是晚上偷偷開放，並不是如此「大家閨秀」的花，有些地方福佬人據說強烈到叫它「鬼仔花」，因爲它是晚上開的，開來吸引「鬼仔」的香味妖魅。

但那是客家人和福佬人各自不同的解讀吧？對啊，但那就是文化心理空間珍貴有趣的地方。

客家人習慣把夜合花種於祖堂後的屋背小庭園，有時在三山國王廟或如美濃廣善堂那種儒道兼容的寺廟的庭園中。在祀奉祖先或祭拜神明時，尤其在傍晚，客家人習慣把半開的夜合花苞，置於盛放清水的淺盤子中，等到夜半時，花盛開，神明得以安享香氣。

祖堂、廟裡當然是客家人（其實福佬人亦同）「場所」中的「神聖空間」，在神聖空間奉獻當然是神聖、潔淨的花。但在福佬人文化中，「夜合」不是意含「乾淨」、「神聖」的花，所以福佬人不用「夜合」當供品。

這就是客家文化、福佬文化，細緻、微小，但有趣的小差別。

「夜合花」在白天不開花，傍晚花苞微張，到半夜時分才盡情開展，凌晨到天亮時凋謝。潔白的花色默默地開，默默散發香味，在天亮時凋謝，這是「夜合」的形與色的最顯著特徵。

曾貴海注意到「夜合」這種形色的特殊性，非常符合傳統客家女性的樣貌。因之，他把「夜合」暗喻成客家女性。

但曾貴海畢竟是個性浪漫的人，他竟進一步把應該在「神聖空間」出現的「夜合花」，同時表現在工作歸來的客家女性身上，並且暗藏在婦女衣著中，設下伏筆，作為晚上，由女人帶到寢室空間，那最世俗也最隱密的「俗空間」作為對丈夫「性引誘」的媒介。

由「神聖空間」的「場所」，穿針引線到「俗世空間」的場所。

由「祭祀」的莊嚴意涵，到「夫妻交歡」的情慾交流，曾貴海堪稱大膽至極浪漫大師。

最後，還以「夜合」之字面意義，乾脆跳上來到明喻的「夫妻的夜間陰陽大合」，還襯托「屋內屋背／夜合／花蕊全開」。這已到兒童不宜的限制級。

曾貴海把「神聖」與「肉慾」公然結合，這是以前台灣詩人少人敢嘗試的創作。〈夜合〉是好詩，限制級好詩。

曾貴海是「台灣詩人」限制級好詩人。

「客語」

那從天國來的

——讀曾貴海的〈老弟阿貴淞〉

面相看起來蓋像老人家
還小就分人喊做老牯

小學讀沒二個月就讀毋落去
上課時行來行去
吵到全班亂淨淨
連自己的名仔都不會寫
一二三四做伊去
同學蓋會撩伊觸伊
常常噭（註①）泣到流目汁歸屋家

伊蓋愛錢也蓋惜錢
存个錢全放佇自己褲袋底背
連睡目都用手摸著
但是伊分毋清一百同一千
買東西隨便人找

從小就會學大人做事
有時節用擦來火燒稈棚
茶水加鹽
放味素煮飯
就係學毋會做家事
分大人打了就摸自家个頭腦
恬恬个噭泣

伊蓋惜細人仔
渡（註②）細人仔到半夜目珠還晶晶
背伊（註③）等攬伊等
搖伊等搖到安安靜靜佇搖籃睡忒
渡一個侄女仔又換一個
每擺年節侄女歸來
歡喜到毋想食
拿東拿西分伊等

屋家有麼个東西伊最清楚
分人借去後沒一久最會同人討
沒人可以對屋家拿東西走

今年已經五十零歲
還蓋好噱（註④）

笑起來像細人仔
有一擺帶伊去佛堂
伊偷偷个噱个笑容
盡像佛像面容
心肚底背空空淨淨
沒麼个念頭
過憨憨个人生

註：
①噭：哭泣聲
②渡：客語，照顧之意。
③伊等：他們之意，「等」在客語有複數之意。
④噱：客語「大笑」。

這是曾貴海寫他的智能有障礙的弟弟阿貴淞的一首詩，他用類似繪畫中的最基本的「白描」的畫法，描述了他弟弟的人生。

曾貴海不喜歡人家稱他「客家詩人」，但是這首詩卻是用客語形式表現的詩，而且令人覺得，這才顯出它的克制、含蓄及優點。

無可否認地，曾貴海對他的弟弟阿貴淞有超乎常人的深情，描寫這種深情最怕的是文字過度泛濫，而流於「濫情」，很顯然地，曾貴海成功地跳脫這樣的陷阱，而採用了乍看比較遠，其實更深入、貼近的寫法，鑽進了他弟弟阿貴淞的靈魂深處，曾貴海在這首詩中，用的是第一人稱的觀點敘事，但似乎又偶爾跳脫第一人稱的黏膩，而維持了第三人稱看事物的距離。

「維持適度距離」，是他這首詩，第一個傑出點。

「智障者」是不是擁有另一個我們平常人「無法明白的思維形式」？這件事也曾經迷惑了日本大作家大江健三郎，他有一個智能障礙的兒子，據說到了十一歲仍不會說完整的話，直到有一天早晨，他聽到了意外優美的音樂聲，霍然發現，他兒子坐在鋼琴前正在彈奏優美的音樂，而且據說，他兒子開始快速地，日復一日，可以用流利而完整的句子和他交談。

這件事震撼了大江健三郎。

「在封閉不說話的時間，他的心中到底隱藏著什麼呢？」

「語言代表心靈流動的一切嗎？」

大江健三郎從此改變了他寫實主義的筆法，重新把語言打碎，重組了大江健三郎式全新的小說語言。

大江健三郎常向人述說：「我兒子是我的老師。」

〈老弟阿貴淞〉，某個程度，或許也扮演了曾貴海「老師」的角色吧。

阿貴淞「連名字也不會寫」，但作爲一個人，「名字」很重要嗎？

阿貴淞也不會做家事，「茶水加鹽」、「放味素煮飯」。但，茶水爲何不可以加鹽？大廚師不是經常違背常理地做出「新料理」？阿貴淞只是一個還未被適度教導的廚師而已？

曾貴海在這首詩中，再三使用了平淡而深情，甚至有點「半黑色喜劇」的手法，描述了老弟阿貴淞，同時又以「對比」的描寫，寫出了阿貴淞異於常人的深情，譬如阿貴淞對「渡細人仔」的眞情，又譬如對從小到大，一直由他照顧到成年的侄女的深情。

一個智力相對一般人顯得低下的阿貴淞，他的人生便會顯得更無意義嗎？

聖經傳道書裡有這麼一段話：「我就心裡說：愚昧人所遇見的，我必遇見，我爲何更有智慧呢？我心裡說：這也是虛空。智慧人和愚昧人一樣，永遠無人紀念，因爲日後都被忘記；可嘆智慧人死亡，與愚昧人無異。」

當然，傳道書中所謂「愚昧人」，並不全指智慧低下的人，但智能的高低，是衡量人生價值唯一標準嗎？我想到一個常自傲地公然吹噓自己高智商的市長，他的自傲，常成爲人民私下嘲弄的笑談。

北宋名詩人蘇東坡有一首留傳後世，廣爲人傳頌的名詩〈洗兒詩〉：

人皆養子望聰明，
我被聰明誤一生。
惟願生兒愚且魯，
無災無難到公卿。

曾貴海是一個醫生，他沒有蘇東坡家族如此顯赫的功名，和與皇室的密切關係，可以生個「愚且魯」的兒子，竟也可以「無災無難到公卿」。

但曾貴海對〈老弟阿貴淞〉的一生，卻有更崇高的推崇和敬意，曾貴海在此詩最後的段落：

有一擺帶伊去佛堂
伊偷偷个噱个笑容
畫像佛像面容
心肚底背空淨淨
沒麼个念頭
過憨憨个人生

阿貴淞「憨憨的人生」，其實是佛的人生，最最慈悲的人生。

基督徒想必從聖經中讀過一段話：「耶穌說：『讓小孩子到我這裡來，不要禁止他們。因爲在天國的，正是這樣的人。』」

阿貴淞的無心機，無罪惡的心之國，即佛的國，上帝的國。

曾貴海如此充滿情感地向「老弟阿貴淞」，做了最高的人生的肯定。

「台語」

心之境與國之境

——看涂妙沂之〈長尾山娘〉

飛過故鄉上媠的彼片樹林
日頭照著伊驕傲的長尾溜
伊欲用多情的青春給樹林變成藍天

旋比時間加緊的長尾溜
又閣轉踅飛去樹尾頂
位尾溜看出去的世界加曠闊
三不五時有料想袂到的驚惶
心頭掠毋定就會跋落萬丈深坑
時間、勇氣、夢想、光榮

毋通囥佇看袂著的長尾溜
家己的春天
愛掌握佇心肝底
上深上深的所在

這是涂妙沂的台語詩〈長尾山娘〉。長尾山娘就是台灣藍鵲，深藍的羽毛，紅色的嘴喙，鮮明的眼睛，最醒目的長尾巴，藍白相間的尾羽近乎比身軀更長的長度，使其飛行的時候令人擔心，彷若抖動的音符將從五線譜中脫落。

台灣藍鵲是台灣特有種，經常出現在台灣淺山地區的山林，以木瓜等水果果實爲主食，因飛行姿態如身材曼妙的舞姿，因此台灣人給了牠極爲優雅的名字「長尾山娘」，或再加二個字「台灣長尾山娘」。

相對比於日本俳聖松尾芭蕉喜歡用〈杜鵑〉表現他日本美麗「場所」的心境，〈長尾山娘〉則有奇妙的詩趣。

雖然在京都
乍然聽聞杜鵑啼
依舊想京都

這首俳句的京都是兩個「場所」，一個是實體的，一個是抽象的。第一句的京都是作者身處實體的京都，第三句的京都則是文化的、理想性的和想像的抽象性存在精神世界的京都。實體的和抽象、想像的「兩個京都」是兩種不同概念的「場所」，在芭蕉心中同一個「場所」的兩般對應。人已身在京都這個地理場所，但一聲杜鵑啼叫（季節語，春天），突然穿透了兩個場所，使芭蕉的「想」，擴大了京都的場域，京都既是一種「心之境」，也是「國之境」。這「國」不是眞正一般人普遍認定的國，而是鄉，實體及抽象的故鄉。芭蕉用「杜鵑」這種鳥作爲意象，使牠的啼叫穿梭於兩種京都「場所」之中。

芭蕉在很多俳句中都一再提到杜鵑（或叫郭公鳥）這種鳥類，除了用以隱喻季節，也隱喻美。杜鵑可以說是松尾芭蕉的「美之使者」。

而涂妙沂則用「長尾山娘」作爲她地理的以及心靈的「美之使者」。長尾山娘在涂妙沂的詩中，是台灣山林這個「實體場所」，同時也是她美的「抽象場所」的象徵。

隨著長尾山娘的飛行，長長的尾巴，上下升降，使讀者的心也為之上下；優雅灑脫的飛，但也隱喻著飛行的危險，「心之境」的優雅，但也隱藏著「國之境」被尾巴重量拖累，有可能跋落萬丈深坑的危險。

人的美麗與哀愁，「心之境」與「國之境」的讚嘆與擔憂，這是奇妙的兩種「場所」的矛盾與諧和。

但這一切對長尾山娘什麼也不存在，在樹林中飛行是牠的日常，是牠的習性，無關美麗或擔憂。看起來美麗有可能拖累牠的「長尾溜」，因為牠完全不知道，所以長尾山娘飛得很美、很優雅。在「心之境」與「國之境」之間穿梭，是詩人的多愁善感，所謂「危險」對長尾山娘這台灣山林「美的精靈」從不存在。

但涂妙沂寫長尾山娘，其實是在寫自己。寫自己由「國之境」潛入自己「心之境」的五味雜陳。

心多麼嚮往飛翔，自由的飛翔，毫無拘束的飛翔。

世間看起來那麼美麗多嬌的一切，愛情、家庭、名利、親情，外人看起來華麗無比的「長尾溜」，卻是意外的沉重，那是拖累在自由夢境中，硬是往下拉的負力量。

理想主義者從來都是「食夢的怪獸」，在現實生活的上方，永遠保持著美麗理想的夢境。

但那夢境如玻璃般易碎，沉重的現實常把夢境扯下，摔得碎裂滿地。

但人幸好有顆心，心無限大也無限小，它是最初也是最末，把一切夢想深深放在那裡，存在的一天，不，就連肉體也已不存在的一天，它，那夢境，永遠在那兒自由飛翔。

國之境，啊，那心之境，芭蕉如此，妙沂亦然。

吳晟（一九四四～）

彰化人，本名吳勝雄。曾任教師，現已退休。創作文類以詩與散文為主，詩作則以人物貼切和景觀鮮活著稱，文字活潑生動；題材包括大自然和現實社會，擅長以鄉土的語言，寫作鄉土的人、事、物，傳達濃厚的鄉土情懷，筆觸堅實而富於感情。

「台語」

有溫度的場所

——讀吳晟的〈店仔頭〉

有一年，我到東京去旅行，經朋友的介紹，去參加了一場在這世界級大都會中難得一見的民俗祭典。那是在東京中京區隅田川附近，一個社區中的小神社的「盂蘭盆祭」。

幾乎是難以想像的祭典，四面高聳的大樓林立，中間小神社的小廣場，佈置了祭典的布旗、酒座、燈籠，隅田川從旁邊默默流過。

據說，早在江戶時代，德川幕府行政中心位於江戶，所以除了大量的藩族、武士，從四方八面聚集，也有許多自附近的農村流動到江戶謀生的農民或賤民，他們在江戶，無可立錐之地，便沿著隅田川，草草搭了棲身之住屋住下來。

雖說江戶當時已是百萬人口的世界罕有大都市，但貧民、賤民要在此謀生，在封建的社會時代也並非容易。所以，在此的貧民區內，有餓死、病死、老死的孤苦之人，死後連埋葬之地也沒有，經常是草蓆裹屍，被丟入江中，隨流水帶入東京灣，由海流去。

即便如此，後繼佔去死者陋屋而居住者，每到中元節，爲撫慰亡者，並祈求社區安居，所以神社也會「普渡」，以祭品、歌舞獻祭。風俗沿襲下來，已有三百多年歷史。

原本安靜肅穆的小神社廣場，到了大約下午五、六點，由神社的小麥克風傳出祭歌的聲音，以及祭鼓有節奏的鼓聲。很奇異地，從社區各角落，穿著整齊和服、祭服的老人，年輕男女，及小孩子們，都一臉喜悅地，往神社廣場逐漸集中，神官也盛裝出現。

由優雅而慢動作的舞蹈開始，所有參與的人，包括觀光客都圍著廣場一大圈，一圈不足，再自外加第二圈、第三圈。

社區婦女、老者口中吟哦古調，配合鼓聲，合掌舞步，在夜色中，繁華大都會一隅，寧靜的角落，進行著一場既古典又微帶浪漫、哀傷的慰靈之祭，令人大有如夢似幻的錯覺。

在這場祭典中，最高興的莫過於孩子們了，興高采烈在場內、場外奔跑，偶爾也加入父母行列，一起拍手跳舞。

祭典分段落舉行，每一個段落結束，神官便會分發「糖菓券」給孩子們，孩子們興奮地排隊領取「糖菓券」，然後，飛奔到社區一角，一間「柑仔店」（雜貨店），向一個白髮皤皤，穿著整潔的阿婆憑券換取糖菓、汽水。阿婆慈祥地笑著，孩子成群興奮尖叫。

這是二〇一六年夏天，我在東京都中京區繁華都會一角看到的動人景象。東京，作爲一個世界級的大都市，至今仍保存著日本悠久歷史的民俗心靈的「場所」。

除了神社這「場所」的神聖中心，尤其令我驚訝的是：這社區的居民竟然經由「公議」保存了社區內的「雜貨店」，而拒絕了超商進入他們的住宅區。

保存老雜貨店，是他們保存一個共同記憶，連同經營雜貨店的阿婆和孩子們的紐帶關係。

這是一個多麼了不起的「公議」。

〈店仔頭〉

抑是喝拳飲酒，大聲唱歌
抑是恬恬仔對飲，哀聲嘆氣
抑是講東講西，論人長短
消磨百般無奈的暗時

這是阮的店仔頭
這是阮的廣播站
這是阮入夜以後
唯一的避難所
千百年來，永遠這呢鬧熱
永遠這呢稀微

千百年來，千百年後
無可能出頭的阮
只是一陣布袋戲尪仔
在店仔頭，晃來晃去
不知啥人在搬弄

土豆，擱來一包
米酒，擱來一杯

電視啊，汽車啊，都市轉來的少年家啊
毋免甲阮展
都市的虛華

店仔頭的椅條頂
坐咧開講，親像土地遐呢憨的阮
長長的一生，擱按怎行
嘛是店仔頭前這幾條
短短的牛車路

這是吳晟的詩〈店仔頭〉，這是八〇年代以前台灣偏鄉農村的景色吧，八〇年代以後，這樣的「店仔頭」，逐漸在村內失去踪影，繼之而起的是小店面但窗明几淨的便利商店，連瑣加盟超商「7-11」、「全家」便是你家。冷凍食品、洋酒、餅乾兼宅急便、提款機。便利商店，一個村莊好幾間，功能無所不包，恍如一間縮小版百貨公司。機能擴大了，經營者變年輕了，不會用收款機的老人只有退休。

原來老式的「店仔頭」一步一步隱身到時代的陰影裡。

殘存的少數店面，再也不是村中老人的抬槓空間、傳播站、喝酒吹牛皮的溫暖「場所」，超商是一個超級「乾淨」的場所，除了「物」與「錢」的交易，一切雜貨都被清除了。

昔日，台灣傳統農村之所以迷人，之所以令許多離鄉遊子及留鄉耆老念念不忘，是因爲台灣傳統農村有許多溫暖的空間「場所」；大廟埕，榕樹下，土地公祠，店仔口……，閒暇時，暗頭哇，老人邊照顧孫邊互相抬槓，農人們碰到農閒，聚在一起喝兩杯，罵政府、罵大官、罵有錢人……，心中一口氣有個走透，日子好像也可以過得去。

但是，「店仔頭」消失了，老人進了「長照中心」，或者兒子孝順，請了外傭，早上、下午把老人用輪椅推到大樹下，外傭玩手機，老人在樹下滴鳥仔屎……孫子到都市托兒所或幼稚園。

農村被「淨化了」，便利商店也「淨化了」，寺廟由黑社會或政客委託人管理了。表面上，老人受到了政府更多照顧，但從沒有人彎下腰來問一問他（她）們：「阿嬤、阿公，您現在快樂嗎？」

快樂很重要嗎？他（她）們平均活得更長命了不是？政府編了更多預算照顧他（她）們了不是？政黨也的確更支持老人照護了不是？

老人快樂嗎？

爲什麼不問問：在田野中的樹或在盆景中的樹，那一種比較快樂？

樹不會回答，失語的老人也不會回答，失去了溫暖的「場所」，雙重失去生理的、心理的「場所」的老人，如何能簡單回答這樣的問題？

「阿嬤、阿公，您們現在快樂嗎？」

我想起吳晟的〈店仔頭〉這首詩，我懷念二〇一六年夏天，我在東京隅田川畔，那間老雜貨店前，看到的白髮婆婆店主和孩子們的笑顏。

陳正雄（一九六二～）

台南人。曾任教師，並擔任過菅芒花台語文學會總幹事、菅芒花台語文學會常務理事、《菅芒花》詩刊副總編輯、《台文戰線》社務委員等。一九九七年開始從事台語文學創作，創作文類以詩為主，詩中流露對地理景觀、自然生態、故鄉人事的感情；除本土化意識濃厚，情感深摯動人之外，也嘗試從諷刺的角度切入，對社會境況提出反省。

「台語」

在母親土地上流浪

——讀陳正雄〈平埔夜祭〉

共款的暗暝
無共款的歌聲
阮來到即個
應該熟似
卻是生分的所在

唐山公
阮知影汝
安怎拼死渡海
安怎艱苦開山

阮知影
啥乜（Mih8）是清明
啥乜是中秋
平埔媽
阮毋知汝
安怎出世大漢
安怎刺面染齒
阮毋知
啥乜是開向
啥乜是牽曲
阿立祖
阮講袂出汝的名姓
老尪姨
阮聽袂曉汝的語言

共款的面貌
無共款的心情
阮徛佇即塊
看來生分
又閣熟似的土地
淋一喙米酒
食一口檳榔
阮的血
慢慢咧發燒
阮的靈魂
漸漸咧清醒

這是陳正雄的詩〈平埔夜祭〉，陳正雄是台南柳營人，台灣事實上並沒有叫「平埔族」的原住民，他詩中的〈平埔夜祭〉，依詩中祭典的內容，應該指的是：台南一帶的「西拉雅阿立祖夜祭」。

平埔族群，在荷蘭時代，逕以荷文拼音各「社」的名字以記錄在地圖上，明、清也以「社番」、「化番」稱之，或相對高山原住民之以「生番」，而以「熟番」稱「平埔各族群」。日治時代戶口登記也以「熟」，註記平埔族群，後引用西方人類學分類，將之分類為噶瑪蘭、凱達格蘭、道卡斯、巴宰海…等十幾個族群。台南以下是西拉雅、大武隴族、馬卡道（小川尚義認為大武隴族、馬卡道族是西拉雅族之亞族，此論被土田滋否定）。

明治、清治稱原住民為「番」，日治自以為較文明，只在「番」上加草字頭成「蕃」一字。國民黨殖民政府分原住民為「高山山胞」、「平地山胞」，但「平地山胞」並不包括「平埔族群」。原因是國民政府認為「平埔各族群」已全然「漢化」，語言、文化特徵已不明顯。也就是認為「平埔族」和閩、客族群已「大同小異」。

但真正尊重文化多元的研究者皆明白，從文化尊重上來說，重點不在「大同」而在「小異」。

在「小異」之中，平埔族群，尤其是台南以下三族，西拉雅、大武隴、馬卡道，呈現在文化層面上就是每年秋冬季，由北向南，依時、依俗，各平埔族群社區的「夜祭」。「夜祭」保留了族語的「牽曲」，及各有特色的祭典儀式。

祭典在各族公廨前（在屏東馬卡道叫阿姆寮）舉行。

「公廨」是西拉雅族人的「神聖場所」，在這「場所」之中，加入音樂、祭品、開向儀式等等有形無形之文化型式，而作爲平埔族群的認同符號。

祭品中包括檳榔、酒、糬、粄、酒肉（生豬肉泡酒）……，在深夜裡，配合哀怨、莊嚴的「牽曲」，夜色迷濛中，成爲一種「隱喻」甚或「象徵」。

象徵著一個族群，在強勢漢文化侵襲中，掙扎著「表現自己」，一個不同於侵襲者的「自己」。

陳正雄的「平埔夜祭」，以一種「祭典儀式」的內容，去隱喻弱小族群，面臨族群消逝的哀歌，這哀歌並不是在戰爭場面中被消滅，而是不知不覺中在文化、血統上被溶失、被沖淡，最後，也最重要的是：被「遺忘」！被溶化者與溶化他者的族群的「共同遺忘」！整個叫著：「台灣人」的記憶及未來的「遺忘」！無聲無息如深夜的風般，毫無遺跡的遺忘。

「平埔夜祭」的「公廨」是「地理的場所」，祭典的「牽曲」及族群的心理凝聚則是一種「心理場所」，就是這種具象的，抽象的立體的「場所」，形成「我族」與「他族」的區別。

有時「區別」，比「溶化」還神聖，文化上，因「區別」而後才有「多元」，多元就是台灣這塊島嶼最珍貴的「符號」。

這首詩的價值也就在這裡。

「祭典」之所以重要，是因為從文化人類學的研究來看，有著雙重的意涵。

首先，從祭典，我們看到了「他族」和「我族」的溶和。「西拉雅夜祭」本沒有拜香、菸草、博杯……等儀式，但因平埔族群和漢族群互相交融，而自然進入了儀式之中。

另外，我們也從「西拉雅夜祭」中，看到了「我族」對「他族」的抗拒。「開向」、「牽曲」、「糬」、「粄」……祭品祭儀加上「公廨」的「神聖空間」，使「平埔夜祭」成了「我族」的最後抵抗。

「信仰」的延續，就是一個族群最後的文化抵抗線。

神聖又莊嚴，「西拉雅夜祭」就是西拉雅人，最後的「文化抵抗」！對應於「遺忘」的最後而神聖的戰役！

向陽（一九五五～）

南投人，本名林淇瀁。一九七九年與友人合組陽光小集詩社，曾任《時報周刊》主編、《自立晚報》副社長、東華大學民族語言與傳播學系暨民族發展所、中興大學台文所副教授、國立臺北教育大學台灣文化研究所教授，現為吳三連獎基金會秘書長。創作文類包括論述、新詩、散文、小說和兒童文學，詩作題材廣泛，並以台語入詩、十行詩的獨特形式為特色；新詩之外，對文學傳播、文化現象的觀察，亦有獨到見解，近年更致力編輯臺灣各類詩文選本。

「台語」

交錯穿透虛與實的場所

——讀向陽〈搬布袋戲的姊夫〉

彼一日，阿姊倒轉來
帶醃腸水果，帶真濟
好耍的物件，阮最合意的
是姊夫愛弄的，一仙布袋戲尪仔

有一年，庄裡天公生
公厝的曝粟仔場，掌中劇團
做戲拜天公，阮最愛看的彼仙
為江湖正義走縱的，布袋戲尪仔

姊夫就是掌中劇團
搬布袋戲尪的頭師，彼一年
姊夫的劇來庄裡公演
鑼鼓聲中，西北派打倒東南派

阿姊彼時猶是
十七八歲的姑娘，有一日
走去劇團找弄戲的頭師
嬌聲柔語，東南派拍贏西北派

愛看布袋戲的阮，只不過
知也東南派是正人君子，只不過
知也西北派是妖魔鬼怪，阮未瞭解
東南派哪著一定打贏西北派

時常纏著阿姊的阮，猜想
軟心腸的阿姊是東南派，猜想
弄戲尪的頭師就是西北派，阮想未到
東南派哪會和西北派講和

彼一年，頭師變姊夫
阿姊轉來的時陣帶了很多戲尪仔
阮問阿姊：東南派有贏西北派否
阿姊笑一下，目屎忽然滾落來

有一工，阿母帶阮
去姊夫伊厝看阿姊，說是兩人冤家
阮問阿母：東南派是不是輸與西北派
阿母笑一下，目屎煞也滾落來

看著姊夫，姊夫越頭做伊去
阮罵西北派妖魔鬼怪無良心
看著阿姊，阿姊犁頭不講話
阮笑東南派正人君子欠勇氣

想未到姊夫和阿姊忽然好起來
真奇怪冤家到尾煞會變親家
阿母歡喜的搓阮的頭，講阮就是
彼仙，為江湖正義走縱的布袋戲尪仔

——一九七六年四月八日 於溪頭

這是向陽七〇年代的名詩。布袋戲是很多台灣人共同的「記憶場所」。布袋戲是在電視還未出現在台灣農村時，偏村地區最重要的娛樂形式。

當然，歌仔戲、賣藥團也是。但無論形式、內容及方便性，布袋戲都領先群倫。除了娛樂，其實布袋戲不知不覺中，也承載了語言、音樂傳統的傳播功能。

我出生在封閉的傳統客家聚落美濃，雖然周邊有很多福佬村落，但因爲地理、人文因素，美濃盆地的客家人不太會使用福佬話，甚至連聽的能力也有問題。使我們在童年觸及到福佬話並感受它優點的，理所當然就是布袋戲。除了廟會，當時有很多流浪賣藥的劇團也以布袋戲爲演出形式。

一來，布袋戲成員可以很簡單，三個人、四個人一組，更簡單的時候，兩人一組也可以搞定，剩下的生、旦、丑、淨各種角色，由布袋戲尪仔，加上搬戲師變腔變聲，全部搞定。布袋戲還有一個好處，一齣《封神榜》或《西遊記》、《三國演義》，一演可以整個星期，佈景搭好，整個星期不必再拆台搬移，如果演劇師搬戲技術精采，劇情欲罷不能，天天都會有固定的觀眾群，萬一賣藥情況不理想，兩天走人，就留下一堆婉惜怨嘆的聲音。

布袋戲尪仔的造型非常突出，所以，小孩子們只要看到它們出場，馬上就能判斷他是「好人」或「壞人」。一般壞人，一出場就會有陰沉的笑聲，恐佈的燈光閃爍，「好人」出現，會先伴上優美的歌聲，瑞氣千條。

所以，即便我們不懂福佬話，但七、八成也可以看出劇情的演變，如果是《三國演義》、《西遊記》，因爲先經由童書、漫畫已熟知劇情，所以更能享受布袋戲的立體效果。《封神榜》就比較麻煩，太多的神仙和妖魔，名字又落落長，根本背不起來（我到今天仍記不起來）。但很奇怪的，在《封神榜》中，姜子牙或眾仙很多用福佬話文讀音吟詠的古詩，我卻一直印象鮮明，聲韻美妙又易記，我常在第二天，到班上學著吟唱逗得大家哈哈大笑，十足有炫耀之快感：

「天下者，非一人之天下，乃天下人之天下也。」這是姜子牙對紂王的大將殷破敗所作的說服的話。

很多年之後，我才明白，在戒嚴時代的台灣，要說這樣的話要多大的勇氣，也許布袋戲的頭師並不覺得那有什麼不妥吧？反正是照著《封神演義》的故事在演，不過我仍爲他慶幸他當時沒被檢舉，否則他的布袋戲應會改到綠島新生訓導處演。

那布袋戲頭師運氣很好，他的戲在偏鄉演，看得人少，有民主意識的人更少，抓耙仔也不一定懂，但後來布袋戲搬上電視影幕之後，看得人多，監看的特務相對也多，聲譽一時的黃俊雄布袋戲創造了一個「中國強」的人物，但劇情進行到一半，這「中國強」竟死了！

據說，黃俊雄大師受到關切被請去喝咖啡，不久「中國強」又復活了。

反正，布袋戲要文要武，要飛天要鑽地，要成仙或變鬼，要死要活，隨便頭師搬弄。大家很少有意見。

劇情可以亂變，但語言障礙要克服不容易，小時候，在美濃看的布袋戲，大多是講福佬話的，有一次，突然來了一個講客家話的布袋戲，不只口白變客家話，女旦出現時唱的情歌也不是日文歌改的台語歌，而是客家山歌，這一來，全村轟動，扶老攜幼，戲未開演，一小時前廟埕坐滿了人，大家自備椅凳。

戲連演了半個月，頭師覺得藥賣得不理想，姜子牙才要帶兵伐紂，戲預告不演了，第二天要離開，老人家差點下跪求頭師，頭師堅持不再演，老人家集資要求他再演，頭師折衷，把募來的錢折算「補腎丸」多少瓶，由老人們分著帶回家享用，戲演下去，分享「藥丸」也分享客家話布袋戲，這是童年最難忘的記憶。

在客家話村落中，布袋戲由「福佬話場所」變換成「客家話場所」。布袋戲語言、音樂傳承功能顯而易見。

童年看布袋戲，除了幕前，孩子們更有興趣的是後台，乒乓作響的火藥炮擊聲，加上頭師甩上甩下布袋戲尪仔，以及忽男忽女的變聲變腔，太迷人了！看前台看幕後，孩子們陶醉在忽虛忽實，變換莫測的想像中，世界變得更大更令人陶醉。

把幕前的「虛世界」和幕後的「實世界」兩個場所交錯，產生夢幻、諷刺的文學，在小說方面有洪醒夫的《散戲》和凌煙的《失聲畫眉》，這都是以歌仔戲爲背景產生的傑作。在詩方面，向陽的這首〈搬布袋戲的姊夫〉是首選。

向陽以七〇年代後期，最轟動的黃俊雄電視布袋戲爲背景，以當時布袋戲《雲州大儒俠》劇情中的「東南派」、「西北派」的鬥爭爲隱喻，加上大姊和「搬布袋戲的姊夫」，兩人之間的戀情、婚姻、夫妻爭吵到和解過程，隨著一個小孩的懵懂穿梭其中，忽出忽入，如布袋戲尪仔的飛天鑽地，也模仿著布袋戲似的唸腔，創造了一個獨特的詩歌的場所。

這場所，是語言的，也是音樂的，是虛幻的，也是現實的，忽悲忽喜，忽逗笑，忽悲情，向陽如同手藝超群的布袋戲尪仔頭師，幕前幕後，讓讀詩者在讀詩的片刻中，不由自主地陷入他所釀造的詩的醇酒之中。

這是一首傑作。兼富有音韻及意象之美。

藍淑貞（一九四六～）

屏東人。曾任教師、紅樹林台語文推展協會會長、菅芒花台語文學會常務理事等。專寫台語詩，其詩題材包括愛情、家庭、女性、社會，具浪漫、溫柔婉約的意象，寫實表現對社會的關懷。

「台語」

「孕育者」生命觀

——讀藍淑貞〈思念阿母〉

風　對遠遠的東爿（ping5）吹來
吹過山頭
吹過樹尾
吹到阿母咧睏的即塊土地
敢有帶來阿母卜（beh）交待的話

雨　對懸懸（kuan5）的天頂跛落來
落佇（Ti7）草埔
落佇大海
落佇阿母咧睏的即個所在

敢是阿母咧想阮的目屎

思念親像墓邊的青草
愈生愈濟（ce7）
愈發愈長
長到天邊
長到海口

拜託溫柔的東風
共我的思念
講予阿母知
拜託綿綿的雨水
共（ka7）我的思念
流去阿母滯（tua3）的所在

藍淑貞高師大中文系畢業，台南高商教師退休，曾兼任台語老師。

這首〈思念阿母〉是我唸到她印象最深刻的詩，不只用詞韻律優美，她對母親的思念和土地、野草、海口、雨水……等自然意象結合，並恰如其分，穿插在詩歌的行板之中令我感動，引起一些隨想。

把母親和土地，甚或地母之神聯結在一起，似乎是東西方很多神祇傳說中的共相（台灣、中國土地公比較例外）。

但在台灣，除了漢系的「土地公」，在原住民尤其是阿美族，他（她）們有一個了不起的信仰和哲學，叫著「孕育者」（孕育者當然是母性，公的不會懷孕）。

阿美族認為天地之間，之所以有生命誕生乃源自於有「五大孕育者」，「孕育者」就是會懷孕，會生出下一代續存生命者。

第一個，阿美族觀察到「海洋」，有許多生命在海洋中孕育而誕生，所以海洋當然是「母的」，是天下第一個「孕育者」。

第二個「孕育者」是大地，在土地上跑的或地表下生活的，有豐富的生命，所以阿美族認為「土地當然也是母的」，是偉大的「孕育者」。

阿美族認定「溪流」也是「母的」，因爲溪流也孕育、哺養很多生命，包括苔蘚、魚類、螺類及諸多生命形式。

阿美族人認定第四個「孕育者」是「果樹」（不是只指水果樹，是指會孕育種子的任何樹，包括會產生孢仔的蕨類），她們孕育出植物的世界。

最後一種「孕育者」是母的禽鳥、獸類及人類的「母性」，核心點當然是人類的女性。阿美族人歸類這天地間的五大「孕育者」，認定人也應該遵循無可侵犯的「孕育者」自然規律，女人因此是部落、家族中心，在阿美族人傳統習俗中，以前到現在，基本上是男人「嫁」到女方家，阿美族人的「母系社會」是遵循「天律」而來的。

所以藍淑貞的〈思念阿母〉這首詩，由阿母埋葬的墓，到長長的草，到大海，到海口，然後雨水……，思念跟隨流動。由一處墳，視野越拉越遠，由近及遠，隨著風流動，思念如螺旋，越旋越深。風聲成爲母親的叮嚀，草越長越高，思念被拉得更高，高入天際，然後化爲雨水，雨水有多層隱喻，一方面如淚水，一方面周而復始，雨落入海，落入溪，落入土地，土地滋養了野草，草越長越高，令人睹草思人，落淚，淚又成雨水，永無止息。

這首詩之所以動人就在這種迴盪的聲音，周而復始的意象。

母親是永恆的「孕育者」，孕育作者的肉體、靈魂、思念，母親化爲大地，大地再滋生繼續之生命。生命周而復始，思念又怎會永久消失？

作者有天也一樣會重復這「孕育者」的角色吧，不，生存在大地之上的男人與女人不是一直都合作著成爲「孕育者」嗎？

婦女肉體懷孕，男人是「合作者」，女兒懷念母親，男兒不也牽連著從臍帶以來對母親的思戀？

母親已在土裡，思念如墳土之草，越長越高，高至天際。

化爲雨，思念之雨、大地之雨，男兒女兒皆受甘霖灌頂之雨呵。

宋澤萊（一九五二～）

雲林人，本名廖偉竣。創作以小說、論述為主，亦有新詩及散文。早期小說受現代主義的洗禮，著重人物內心的描繪，後創作《打牛湳村》系列的鄉土小說，成為七〇年代鄉土文學論戰末期的代表性作家。一九八〇年開始參禪，轉向宗教書籍，一九八五年以《廢墟台灣》重返小說界。長期關注台灣本土意識及新文化的發展，著有台語詩集、學術專書《台灣文學三百年》，並創辦《台灣新文化》、《台灣新文學》、《台灣e文藝》等刊物。

「台語」

我的青春不後悔

——讀宋澤萊〈你的青春，我青春〉

若是擘開美麗的目睭
就會看見情人的幼秀
親像故鄉的流水
無半點的憂愁
青春，青春，你及我
無有半點的憂愁

若是散落美麗的頭鬃
就也想起咱的夢
親像故鄉的茶房

一半生疏一半芳
青春，青春，你及我
一半生疏一半芳

若是含著美麗的嘴唇
就會想起情人的溫純
親像故鄉的山崙
一面冬天，一面春
青春，青春，你及我
一面冬天，一面春

你的青春我青春
親像故鄉的帆船
有時遠航有時近

——一九八一年十一月二十日　於愛荷華

這是宋澤萊在一九八一年寫的詩，日期、地點註明了是他在愛荷華寫的，應該是他去愛荷華國際作家寫作坊那一年吧？那時他的確仍然青春。

我非常喜歡朗誦他這首詩，尤其在下雨天或颱風天，喝一杯小酒，高聲朗誦，好似覺得喜悅充滿胸懷，失去的青春朝氣全歸來，剎那溢滿全身。

但今天朗誦這首詩，卻不自禁落下淚，因為我剛從一個年輕老師的葬禮回來。

她是我摯友的女兒，今年才三十九歲。從師範大學畢業，她就立定志願，要到偏鄉教小學。後來，她也如願考入台東太麻里山上的小學當教師。

結婚，生了三個孩子。

有了孩子，照理說，她會想搬回平地教書，會比較方便，但她從來未改變她的初衷，她非但沒有請調回都市，反而去了阿里山超過海拔一千公尺以上的小學教書，並且把三個孩子帶在身邊，在那學校上課，每星期六、日把孩子載回家，讓孩子和祖母講台語，免得忘了自己的母語。

持續了十幾年的青春航路，卻在上星期由阿里山返鄉的一號國道路上，發生了車禍，三個小孩因放暑假沒在車上，她一個人的青春葬送在車禍的火焰中。

若是擘開美麗的目睭
就會看見情人的幼秀
親像故鄉的流水
無半點的憂愁
青春，青春，你及我
無有半點的憂愁

她是在下午回家的路上，想必心中唱著愉快的歌，正要趕回和丈夫、女兒一起吃頓愉快、安靜的晚餐吧？

轟然一聲，青春在烈火中消失了，據醫生說，她應該來不及感受到痛苦。那麼，也許可以如此自我安慰，她腦海中青春美麗的情人的幼秀，「親像故鄉的流水」……。流著，流著，暫時隱入地下去了。有一天又會從另一處再湧出來吧？

「青春」到底是什麼？它只是指「肉體」嗎？或是一種「心理狀態」？或兩者兼具，或兩種皆不是？

記得年輕時代，看過一部電影叫《我的青春不後悔》，故事大約是：一個思想前進的年輕人，因爲仍處在肅殺的政治年代，被警察追捕，隱姓埋名到偏野荒村，在那兒認識了另一個女性，共同過了一段平安、喜悅，雖窮困但充滿愛的日子。有些情節我忘記了，好似男主角後來被捕捉去坐牢了，多年後，人事全非，但他說：「我的青春不後悔」！

不後悔的夢想，不後悔的青春，永遠在時間之流中自由翱翔，不會墜落的風一般，任何時候可颳起，消失，再興起……，那才是「青春」的眞意吧？青春，就是「不止息的夢」。

在日本文學中，如川端康成、谷崎潤一郎、永井荷風……，這些作家，年老的時候，都寫了很多對青春時代，甚至露骨的對年輕少女青春肉體的迷戀和歌頌；聖化這種青春肉體、活力，如生命中不可或缺的湧泉。

但最近我從另一本書中，唸到令我驚訝的有關印度人對「年老」的看法：

印度人即便年紀增長也不會去羡慕年輕人，完全不會過度懷念往昔的青春歲月，這就是印度式人生的醍醐味。

肉體老去，那是人生必然的過程，蘋果熟了，就要掉落，這是再自然不過的事，注射肉毒桿菌，服用大量健康食品，故作年輕化粧、打扮，用大量保養品，可以阻止歲月嗎？

抵抗歲月是人生最愚蠢的事情！但幸好我們擁有一顆心，一顆空間可以無限大的心，它足以住進一個孩子，一個少年，一個勁力十足的年輕人，以及在這些年齡中碰到過的所有朋友，甚至走過的江山，故鄉的山與水，人生的所有喜、怒、哀、樂。

若是含著美麗的嘴唇
就會想起情人的溫純
親像故鄉的山崙
一面冬天，一面春
青春，青春，你及我
一面冬天，一面春

你的青春我青春
親像故鄉的帆船

有時遠航有時近

試著大聲朗誦宋澤萊這首詩，隨著詩的節奏，像美麗的風箏在歲月的風中起起伏伏，偶爾喜悅，偶爾含淚。

啊，我的青春不後悔。

「台語」

風，詩與歌的故鄉

——讀宋澤萊的〈若是到恆春〉

若是到恆春
著愛落雨的時陣
罩霧的山崙
親像姑娘的溫純

若是到恆春
愛揀黃昏的時陣
你看海墘的晚雲
半天通紅像抹粉

若是到恆春
著愛好天的時陣
出帆的海船
有時駛遠有時近

若是到恆春
嘸免揀時陣
陳達的歌若唱起
一時消阮的心悶

這是宋澤萊一九八一年的創作。

這是一首優美的歌詩，歌詠了恆春半島海邊景色的優美。

在此之前，宋澤萊也寫過多篇以恆春海邊爲背景的小說，其中一篇叫〈岬角上的新娘〉，本是一段哀傷的故事，但故事背景的恆春半島海邊的景色，由宋澤萊寫來卻如詩如畫，以優美至級的景物反襯故事的悲劇性，宋澤萊深得文學「對比法」的奧秘。

宋澤萊是雲林二崙鄉出生的作家，何以他卻對恆春半島情有獨鍾，再三以詩歌，小說歌頌它的美麗、溫純呢？

據他的自述，原來他在年輕服役的時候，曾在此當兵，身任海防部隊的尉官；在這個兵營中曾發生了喋血駭人的故事，一個外省老兵，有一天突然發了瘋，以步槍掃射，殺死了好幾個同僚。

這血腥事件，帶給軍隊極大震撼，也使整個軍營人心惶惶，大家心裡的恐懼、焦慮都達到飽和點。

身爲尉官的宋澤萊，每天只能抽空就溜到海邊，孤獨看著海洋思索，並使心靈舒展得到解放。

在最大壓力下的心靈反而變得越加敏銳，恆春春、夏、秋、冬朝夕的景色變換，都被收藏在心靈深處，日後終於成爲他寫作豐厚的素材。

恆春海畔如詩如畫的景色，釀製了〈若是到恆春〉這首如老酒般醇厚迷人的詩。

恆春半島無論從歷史、地理、風俗民情、歌謠多個角度看，它在「場所」的特殊性，都顯得極爲凸出，尤其拿來和台灣其他地方對比的時候，特別能看出它獨樹一幟的特性。

首先，到恆春半島第一個一定讓人永難忘懷的「過山風」，過山風由每年秋季的十月左右颳起，一直到次年的春末，風大的時候，房屋門窗瓦片臘臘作響，也有牧牛童的牛被從山崖邊吹落的傳說。

貧窮的農民在貧瘠的土地上討生活，風再大也得活下去。悲傷極處且高歌，恆春民謠竟因此而成了遠近馳名的音樂瑰寶。

悲涼的歌聲加上呼呼颳起的落山風和鏗鏘的月琴聲，從遠處聽起來，令人渾身起雞皮疙瘩，爲之潸然淚下。

從人類學觀點來看，恆春半島大概是台灣單位面積中，種族最複雜之地，排灣族、斯卡羅（卑南族）、恆春阿美、平埔馬卡道、閩與客，生存地盤層層相疊，自古以來既互相爭地盤，喋血衝突，又互相通婚，文化交流交錯形成一個獨特的「文化場所」。

社會學的「場所」這個概念，既是意涵著地理上的，也包括在此「地理場所」中，人們生活其上產生的「文化形式」，甚至包括人們在其中的生存移動、戰爭、和解……等等行爲，它是既複雜又張力十足的一種觀念。

由此看來，恆春半島毋寧是台灣集中許多獨特因素構成的「獨一無二的場所」。

這方面的文學，除了有出生於恆春半島的作家林剪雲寫出過《恆春女兒紅》這部傑作，還有台東卑南族作家巴代也以牡丹社事件爲歷史場域寫下的《浪濤》。

宋澤萊的這首詩〈若是到恆春〉，當然是這些傑出作品中的珍珠。用台語念起來，這首詩聲韻迴繞如恆春民謠，但又去掉了其中悲涼的成分，反而成爲暖入心坎的蜜一般的情感，從另一方面聽，它倒有幾分像琉球「島唄」般幽長甜美的味道。

從「落雨的時陣」、「黃昏的時陣」、「好天的時陣」到「嘸免揀時陣」加上「陳達的歌若唱起」，如喝上一壺絕頂的好茶，先是花香、蜜香，層層從舌尖到舌根化開，唾液回甘，最後香入心脾。

啊，〈若是到恆春〉，三更半暝也是好時陣，綺夢延伸到天光。

古能豪（一九五五～）

高雄人。一九七二年開始發表作品，一九七八年與鍾順文、簡簡等人創辦《掌門》詩社，並任社長，曾主編《掌門》詩刊。曾任宏總集團主任祕書，並為《宏文館》圖書公司總編輯。創作文類有詩及散文，詩風富反諷精神，反映現實社會；散文多在討論日常生活與政治時事，細膩刻畫南台灣的風土人文。

「台語」

流在靈魂底層的歌

——唸古能豪〈阮的心內有一條歌〉

阮的心內有一條歌
一條寫著台灣咱祖國的歌
歌內底有美麗的島嶼豐富的物產、甘甜的水果
四百冬來濟濟外來的人
做夥唱著這條歌

阮的心內有一條歌
一條寫著台灣咱思慕的歌
歌內底有男男女女，恩恩愛愛，真心的對待
不管早來抑是晏到

囡兒生過一個擱一個
阮的心內有一條歌
一條寫著台灣咱向望的歌
歌內底有燦爛的日頭，打拼的形影，快樂的笑容
為著咱囝囝孫孫
不當擱再呼人騙

阮的心內有一條歌
一條寫著台灣咱一生的歌
歌內底有百歲的老人，新生的幼兒，青翠的土地
四百冬後濟濟外來的人
做夥唱著這條歌

——二〇〇七年十一月

這是古能豪在二〇〇七年十一月發表的一首歌詩。台語叫「歌詩」，北京話叫「詩歌」。台語「歌詩」，表示先有音樂的韻律，再想到文句塡入，修飾完成。也就是音樂先行。

「詩歌」是先有優美文句完成，再朗誦看看，符不符合韻律之美。

台灣現代派詩人，有人說：「詩，可感不可解」，我不知道他們在說什麼？但是有很多年輕人受莫明其妙的這句話影響，寫了一堆根本不是「詩」的「詩」。

如果你經常到印度、孟加拉或拉丁美洲，偶爾會發現在街道角落有詩人在大聲朗誦自己的詩，沒人圍著聽，有時只有一隻狗或貓蹲在那兒，貓和狗聽得懂他的詩嗎？有可能，因爲詩中充滿音樂的律動。

但，我也碰過台灣現代派詩人在朗誦，一群把他（她）當偶像的文青在傾聽，然後熱烈的拍手，我認眞問他（她）們：「你們眞的懂他的詩寫了什麼？」，經常他們用比貓狗更迷惑的眼神回看我。不懂，爲什麼要拍手？

古能豪的詩，向來很有日常性，有「日常性」並不代表它「淺薄」。白居易的詩老嫗可解，但白居易「淺薄」嗎？

李白神來一句：「君不見，黃河之水天上來……」，它不淺白嗎？有幾個人寫得出這種句子？李白寫詩需要玩弄文字嗎？「詩質」其實源自「情之質」。

古能豪這首詩〈阮的心內有一條歌〉，整首詩唸下來，沒有一句須要再加解釋，但它使你心內翻滾，熱情澎湃。

這首詩寫於二〇〇七年，從二〇〇〇年到二〇〇八年，是台灣的政治史重要的年代，因爲台灣的政治史，四百年來，台灣人用選票兩次直接投票選總統，完成「政權和平轉移」，陳水扁當了八年總統，這當然是意義非凡的大事。

隨著政治大翻轉，台灣文化自然也出現了一種衝力，那被埋在土裡多時的「本土靈魂種子」，蘊藏了足夠能量，正要冒出土表成長。

「靈魂」是具象也是抽象的一種能量，基督比喻說：「一粒小如芥菜子，長成了最大的蔬菜……」。

詩的種子，有時比芥菜籽還小，長大卻比最大的蔬菜還大！

重點在能量。

如果說「民族的歌」就是「靈魂底層」的聲音。那麼〈芬蘭頌〉是芬蘭的「靈魂之聲」，

〈阿里郎〉是朝鮮人「靈魂之聲」，〈荒城之月〉是近代日本人「靈魂之聲」，台灣人呢？〈望春風〉、〈雨夜花〉……，如果更貼近現在呢？〈舞女〉、〈要拚才會贏〉？

有人會譏笑，怎可把〈舞女〉和〈芬蘭頌〉並列？我要問的是「爲什麼不可以」？

兩個民族幾百年同樣的「辛酸」、「被壓迫之聲」。芬蘭人的「心理場所」、「地理場所」都被俄國占據，台灣土地則被輪流插上七到八面不同國旗，我們像「舞女」一般，只有陪侍客人「伴舞」的選擇不是？

芬蘭人有自己心中的一條歌，西貝流士把它譜出來了。

台灣人心中有自己隱藏的一首歌，有人說蕭泰然用〈台灣翠青〉唱出來了，也有人說，王文德的〈母親的名叫台灣〉也把台灣人共同的心思都吶喊了出來，都對！也許還有更多。是的，古能豪的〈阮的心內有一條歌〉，這首詩簡單明瞭就是談台灣人這個「心事」！〈心事啥人知？〉對，這也是一首歌，也是流淌過我們靈魂底層的歌。

水果香甜，人種多元，男有情，女有義，有什麼道理我們不能大聲唱出「民族之歌」？

古能豪這首詩簡單明瞭，但他蘊釀、發現，並表達出來的過程一點也不簡單。

古能豪最近因身體健康不妥善，竟然拚命出版了兩本名字很嚇人的詩集，叫作《告別式》、《類遺囑》，好像模仿石川啄木式地描述「快結束的生命」的一點一滴。

誰能預知明日的生命，一場地震、一場大火或如現在一場疫病，誰會先走誰知道？個人的生命在歷史長流中連泡沫都不如，但能坦然唱出靈魂之歌，如夕陽之蟬一般，人生又有何憾？

〈阮的心內有一條歌〉，古能豪、我的、你的、他的，台灣人靈魂深處都有一條要唱出的歌不是嗎？那就大聲齊唱出來。

王文德（一九六五～）

貨車司機，三芝鄉人，業餘從事本土歌曲創作。其作詞作曲的〈母親的名叫台灣〉一曲，透過綠色和平電台節目「台灣香火」發表，並指定由蔡振南修改、填譜並演唱，後成為台灣人民追求自由、關懷本土心聲的經典歌曲。

「台語」

是魚？是航空母艦？是蕃薯？

——讀王文德的〈母親的名叫台灣〉

母親是山，母親是海，母親是河，母親的名叫台灣。
母親是良知，母親是正義，母親是你咱的春天。

二千萬粒的蕃薯子，不敢叫出母親的名，
台灣甘是遐歹聽？想到心寒起畏寒。

二千萬粒的蕃薯子，不敢叫出母親的名，
親像啞巴壓死子，互人心凝捶心肝。

二千萬粒的蕃薯子，不通恬恬不出聲，
勇敢叫出母親的名，台灣啊，台灣啊，你是母親的名。

這是王文德的詩作。

王文德在詩壇是陌生的名字，在這首〈母親的名叫台灣〉的詩與歌於九〇年代響遍台灣大街小巷之前，少有人聽過他的名字。

王文德於一九六五年出生於台北縣（現新北市）三芝鄉新莊村，是海口囝仔，國中畢業之後，便出外求生存，做過的工作不計其數。

這首詩的誕生，有一個不知是眞是假的傳奇，據說當時在「綠色和平」電台有一個節目，有天節目談到台灣事，有一個叫王文德的Call in到節目，隨口有感朗誦了一首詩，這是這首詩的原型，後來王文德幾經修改，又被蔡振南變成演唱曲，隨著時事演變，勾起許多台灣人的心事，在各種民主演講場所被傳唱開來，成爲大街小巷連小孩子都會唱的民歌。

台灣到底是什麼？台灣的名字從何而來？「台灣」兩個字又在何時成爲禁忌？爲什麼？

台灣在歷史上名字的由來，有很多種說法，大概都離不開台南安平一帶海灣，以前的原住民族叫它爲「台窩灣」或「大員」，以其聲韻如泉州漢語音之「台灣」，因而得名。至於在西方海圖中，由葡萄牙語之「福爾摩沙」而轉譯爲「美麗島」又是後話了。

台灣人爲什麼要自稱爲「蕃薯仔」？

台灣眞正的形狀像什麼？

在海洋民族的「心理場所」，他第一印象當然會以熟悉的海洋影像來形容，所以十九世紀，當英國探險家畢麒麟第一次看到海圖上的台灣時，便脫口而出「啊！福爾摩沙是一條魚！」

他這句話，還被彭明敏後來第一次參選民選總統時，將台灣地圖變身爲「海翁（鯨魚）」圖像作爲競選Logo。

同樣的台灣，在軍人「麥克阿瑟」的「心理圖像」中，它就成爲了「不沉的航空母艦」，啊，好大一艘航空母艦，五大山脈如碩大無比的艦塔與炮座，西部平原、花東縱谷成爲停機坪及飛機起落跑道，好個麥克阿瑟，把台灣地圖當玩具模型看。

但台灣，到了以種田農民爲主的閩、客移民眼中，它成了什麼？

啊，一條「大蕃薯」！

爲什麼？沒蕃薯吃豈能活得下去？

台灣就是台灣，爲什麼是鯨魚？爲什麼是航空母艦？爲什麼是「反攻跳板」？

爲什麼會叫「中華民國」？

在台灣這塊土地上，被插過七個（包括澎湖的法國那一面，共八面）不同的政權的旗幟，這中間「中華民國」是一個「精神疾病」最嚴重的政權；台灣不能叫台灣，最多只能叫「中華民國台灣省」，一九四九之後「中華民國」還有其他「省」嗎？有，只有「福建省」的金門、馬祖小島。但你就是不能直接叫「中華民國」爲「台灣」，「台灣人」也必須是「堂堂正正中國人」，或侷限在「我是台灣人也是中國人」，否則直接講「台灣人」就是「台獨」！

被水淹到鼻孔頭的台灣人忍無可忍，乾脆就以台灣之形自稱自己爲「蕃薯仔」，目的當然是區分從中國來的「芋仔」或「老芋仔」。其實，在生態學上，「蕃薯」是外來種，它是西班牙在十五至十六世紀從中南美洲，透過「哥倫布大交換」移入伊比利半島，再帶到馬尼拉，由泉州商人帶到福建，繞一圈到台灣來的。後來，日本人也帶來了新品種。

而台灣在植物分佈上，屬「水芋文化圈」，「芋仔」才是台灣原生種標記塊根類植物。在植物生態學上，老台灣人是「老芋仔」才對。

「芋仔」是屬於台灣「地理場所」標記，但「蕃薯」卻是台灣依地圖形狀，反抗意識下形成的「心理場所」標記，到了第二代、第三代，混種之後，也叫「芋仔蕃薯」，不是「蕃薯芋仔」，重點在「蕃薯」不是「芋仔」！這是台灣人容忍的極限。

所以王文德的這首「歌詩」，是以如此的心理圖像，層層疊疊出來的。

母親是「山」，母親是「海」，母親是「河」，山、海、河堆疊成一塊「島」，這塊島沒有其他名字，它很簡單，就叫做「台灣」，在台灣這塊島上的人也叫「蕃薯仔」，在「蕃薯仔」的心中，有「良知」，有「正義」，有「春天」的殷望；我們共同的母親叫「罔市啊」、「罔腰啊」、「阿屘哪」都可以，有什麼好害羞的？爲什麼就非要像「啞巴子壓死子」有苦說不出，偏要伊伊啞啞，像大舌頭捲上顎叫「中華民國」？叫「台灣」不是很自然的發音嗎？

像魚也好，像航空母艦也可以，那條魚就叫「台灣魚」，那艘航空母艦就叫「台灣不沉號航空母艦」！

伊啦！台灣，伊啦！福爾摩沙！

優美的詩歌，沒有比朗誦出母親的名字更愉悅的聲音。

胡長松（一九七三～）

高雄人。曾任《台灣e文藝》總編輯、《台文戰線》總編輯。創作文類以小說為主，長篇小說以凝練的文筆、白描式的口語，塑造人物悲淒宿命的故事，揭露近年台灣教育界日益惡質化的問題；近年則投入台語小說創作及二二八書寫，展現對社會中弱勢族群的濃厚關懷。

「台語」

細浪拍岸

——讀胡長松〈我欲用歌呵咾妳的美麗〉

就親像位大湧歸帆的船隻，我轉來港口
我欲用歌呵咾海佮風帆
我欲用歌呵咾希望的鷩
我欲用歌呵咾歡喜的哀傷
我欲用歌呵咾豔日佮天星
我是漁民，捆工抑是做田人
我是學生，雇員抑是生理囝
我欲用歌呵咾生　我欲用歌呵咾死
我是尪婿　我是牽手
我為我的家後歌唱

我為我的愛人歌唱
我欲用歌呵咾每一擺的唚嘴佮掌觸、激動佮喘氣
我欲用歌呵咾聖潔拾罪的洗
我欲用歌呵咾眼神的交會
我是老爸的囝，囝的老爸
我是一篇閣一篇歷史的冊頁
我捌是讀者，阿這馬我是妳嘴裡的詩句
我會佇妳的面前親像海滾動
親像湧的泡對沙的底層沖高
親像鈍白的鹽粒對日頭跤海水沓沓堅碇
我的詩句欲進入妳的耳佮妳的心
我欲安慰妳親像夕陽安慰平靜的海港
我欲等待像一個烏夜佮日出，日出佮烏夜
我欲用歌呵咾你的美麗
一日閣一日呵咾妳
一年閣一年呵咾妳

這是胡長松在二〇一六年完成的詩作，離開胡長松開始用台語寫作小說和詩已有十多年的歷史。

我對胡長松初次有印象，是看到他的小說《柴山少年安魂曲》，不是因爲對小說的故事有興趣，而是對他小說背景的高雄柴山部落一帶的「場所」特別關心，那場所是我三十歲以後催動「柴山自然公園運動」經常出入的場域，對那裏的地理風貌、動植物生態，甚至是舊部落明代以後文獻提到的資料，我都算稔熟。

胡長松是出生於那高雄偏僻海角老村落的年輕人，對他以當地成長的少年人的角度書寫的故事，我當然特別感興趣。在《柴山少年安魂曲》這部小說中，胡長松除了故事整體，他在小說中村落人們使用的語言及地理場所的景物描寫也是令我興味盎然的，經常出現在我腦海中印象的柴山景色，虛實糾結在一起，那是文學體驗中奇異有趣的感受。就像當我在故鄉作家鍾理和文學筆下熟悉的場景中行走時，驚喜的體驗一樣。

後來，我知道胡長松和一群年輕朋友常在《台文戰線》中發表作品，推動以台語母語寫小說發表詩作的文學運動。

一個詩人的詩和母語到底存在著怎樣的關係呢？這是曾爲殖民地國家，並曾被殖民政權剪斷舌頭，再重接以殖民者語言的殖民地作家最深刻的體驗吧？

臺灣，這塊土地上，被插過七面到八面代表殖民權力的旗幟，其中，以日本和中國國民黨政府推動了最有系統的「文化暴力」，包括「語言侵入暴力」。

「被改造的語言」，無形中，挾國家暴力，扭曲了我們「心理的場所」。但在殖民者的心理圖像中，竟然也出現了如此荒謬的描述：「當今臺灣同時收集數千年來活歷史於一島地內，其統治之複雜，超乎想像。」這是一九〇一年時臺灣總督府民政長官後藤新平的發言。

後藤新平的「數千年活歷史」，最起碼還把臺灣原住民的歷史算在內，明白知道，臺灣歷史現實中有「殖民內部的殖民」，日本人殖民臺灣閩、客漢人，而之前的漢人政權在殖民閩、客之外，再以閩、客移民進行「殖民中之殖民蕃人」。

可見，在臺灣「地理場所」之外的「心理場所」層層疊疊有多麼複雜！

「複雜」使殖民手段困擾，但在文化面上，它卻也可以被正面敘述爲多元、豐富。多元、豐富的一部份就出自「語言」。

語言表現中的精華就是「詩歌」！

台語、客語、原住民語、殖民者的日語、華語。

有如多種繁華的花園，語言之花，自然也應在此處綻放。

「歌詩」是除了文字之外，形、聲、意、韻皆應齊備的文字形式。「歌詩」正如字面顯示的，應先有歌韻，再有字韻。

母語，自然是一個種族人民，出生即先習得，體會的聲韻之美，也是最初始表達情與意的聲音。

但殖民者爲解決「統治之複雜」，竟然認爲應先統治「語言心理場所」，才能進一步統治意識形態的「心理場所」，進一步達到連「地理場所」也安穩統治之「文化暴力」。

臺灣人無法自由在公共場所、學校以「母語」受教，以「母語」唱歌，更不用說以「母語創作詩」。

詩，先有「聲」，先有「韻」，再有文字的「形」，以不熟悉或有壓迫力的「形」，如何創造「聲」、「韻」之美達到極致的「歌詩」？

普希金生在沙皇時代；貴族，皇室，以講外來的「法語」爲尊貴，普希金從小也受法語小學教育，但他成年後，寫詩歌卻堅持以俄語爲之；因爲他認爲那才是「母親的聲音」、「土地的聲音」、「人民的聲音」。

當十二月革命，大量青年軍官和知識份子在聖彼得堡廣場群聚，抗爭沙皇的專制政權失敗，被送至西伯利亞集中營改造時，普希金以俄文長詩〈致西伯利亞的兄弟們〉，震撼了全國人心，並在西伯利亞集中營中傳頌，累積了後來俄國大革命的力量。普希金因此被稱爲「俄國現代文學之父」，因爲他的俄文詩歌，帶動了如托爾斯泰等人的「俄文寫作」，造成了「俄文文學的歷史長流」。

胡長松並不是臺灣第一個以母語——台語寫作詩歌的人，但他確實在年輕人無法接續前時代詩人如黃勁連、羊子喬、龔顯榮以台語寫作詩歌之後，號召了另一批年輕人，積極以自己母語——台語，創刊發行了詩刊，並積極創作，刊登了自己的台語詩集。

正如我前面所說過的：「歌詩」，是先以「歌」的聲韻先行，才有「詩文字」塡上的。台灣住民中，原住民、客家族在日常生活中仍存在著許多「生活歌謠」、「勞動歌謠」、古調、山歌仍活在其種族生活中；福佬人反倒幾乎失落了。

以福佬母語寫「歌詩」，欲從何處尋「先聲」？歌仔戲嗎？南北管戲曲嗎？

胡長松有幾首詩，尤其這首〈我欲用歌呵咾你的美麗〉，倒非常有意思地，從基督教會福音聖經翻譯的福佬音「雅歌」、「詩篇」中的頌讚中取得了靈感，作爲新台語聲韻，而創作了「台灣新詩歌」（我個人猜測），這是有趣的嚐試，之前，宋澤萊的〈福爾摩沙頌歌系列〉，也如此嚐試過並獲得好評。

這又有何不可？現代派詩人，不也有許多人從「搖滾」、「藍調」取得新詩歌創作之聲韻？

胡長松〈我欲用歌呵咾你的美麗〉，旋律優美，意象抒情，有田園詩韻味，又隱喻象徵了更多，用台語朗誦他這首詩，是一種很大的享受，如高雄沿海層層細浪拍打柴山老村落的海岸，令人陶醉，相反的，他以「史」寫的敘事詩，反倒顯得沉重，容以後再議。

陳胤（一九六四～）

彰化人，本名陳利成。曾任國、高中教師，目前為柳河文化工作室負責人，專事藝文創作。創作文類包括詩、散文、小說、論述、繪畫，詩作題材來自日常生活的所思所感，著有華語及台語詩集；散文風格樸實溫暖，藉由生活中常見的事物作為情感的引導，探討自然和人文，貼近台灣的鄉土人民；論述則以教育為主題，將台灣現今國中教育的弊病呈現出來。

「台語」

聲韻與暗喻之美

——讀陳胤〈著火 ê 愛〉與〈陷眠〉

著火 ê 愛，是一種仇恨
請你，用所有 ê 氣力
緊來怨恨我啊

我 ê 身體，已經冰冷霜凍
毋是查甫，也毋是查某
Tī 這个無情 ê 世界
男女之別，早就失去意義
Tī 一个清醒 ê 夢中
（kám 真正 teh 陷眠？）（註①）

我看著你，目屎變做血
恬恬（註②）流落來，白色 ê 世界
一寸一寸，漸漸染紅

啥人 tī 橋頂 teh 唱歌？
一尾大蛇，對挈流（註③）ê 江河
雄雄（註④）飛起來，請你
緊來怨恨我啊
著火 ê 愛……。

註：
①陷眠：做夢
②恬恬：靜靜
③挈流：湍流
④雄雄：突然

這是陳胤的詩〈著火 ê 愛〉收在他二〇一七年的詩集《月光》詩集之中。

這首詩首先被注意的特色，自然是他使用的語言，它是企圖用陳胤自己的母語——台語寫的。

寫作文學爲什麼要用母語寫作？這方面在世界上許多國家被不停爭論著，尤其是在一個多語言的社會，或者有被殖民經驗，又或者還在接受著殖民經驗的國家（實體政治或抽象文化殖民）。

台灣，好似這兩個狀態都存在著「多元與被文化殖民」。雖然，表面上台灣的「場所」，包括「地理」與「心理」的場所，在九〇年代之後，實施國會全面改選及總統直選後，已獲得某一種「解殖狀態」。但殖民國家的符號，甚至由公權力硬性暴力所規定的政府公文書及學校教學，仍使用著官方規定的語言——北京語。

陳胤是淡江中文系畢業，又當過國、高中老師多年，想必他對官方北京語的使用和缺陷是極熟悉的吧？他的母語——台語也是漢語系統一支，但有趣的是：相對於北京語，台語反而存在更多古老、優美的所謂「唐音」，在吟詠漢文古文學詩詞的時候，台語反倒比所謂「北京語」更優美且具聲韻之美，更不用說和日常生活的貼近度。

詩，是最講究「聲韻」之美的文學形式，以母語之外的語言操作，要準確表達詩人內心最幽微的部份或族群特殊情感，有時的確難免有「隔」的尷尬。如以台語、北京語來比較，在「動詞」、「形容詞」的使用上台語就豐富多了。

但語言對文學家而言，意義還不止這些，新加坡有一個印度裔的詩人，就在他的詩集中，以英文及印度族語，雙語言呈現，有人問他：「你爲何用沒幾個人懂的印度土語印詩集？」，他明確回答：「用英文，是爲流通方便，用印度母語是我的政治態度。」

他的回答毫不隱諱，這恐怕也是俄國偉大詩人，精通法語卻終身以俄語寫詩的普希金的答案吧。

普希金一些抒情小詩，用法語唸，也許聲韻還比俄語美，（普希金是唸法語學校的，當時俄國貴族、皇室普遍用法語，如台灣政壇習用北京語），但要朗讀普希金的革命長詩〈致西伯利亞的兄弟們〉，那就非用俄語唸，才顯出磅礡動人的氣勢。

陳胤也寫了一些敘述歷史的詩，但我不覺得他使用母語寫的歷史性的詩和他其他詩篇有特別傑出，我認爲他寫的最好的母語詩，反而是在描寫現代世代在複雜而幽微的現代情感方面。

像這首詩，它的內容及形式，都呈現出與前世代在詩風的不同，它既不來自模仿歐美風的「現代派」詩美學，也不受跨越世代日本美學遺風影響的老《笠》詩派美學的影響，他的詩風，十足就是他這個時代，複雜、糾結、紊亂掙扎又滿腔熱情的樣貌。

要烈火般愛，又被某些規範拘束著，在這個世代，「愛」就是「愛」，要像河的「掣流」般狂熱鮮明，甚至像「一尾大蛇雄雄飛起來」，不管那是什麼「不倫」、「查甫」、「查某」的愛，他的一切苦悶全源於此。

奧修這位印度思想大師說：「愛的反面敘述不是『恨』，而是虛偽的『愛』」。陳胤的〈著火 ê 愛〉，某方面，對我們社會龜龜避避的感情，展現了某種不耐和憤怒吧。

如同我們說的，陳胤的詩最大優點不只在他熟悉使用母語——台語聲韻的掌握，當他用自己母語形式，創造另一種意象隱喻的時候，他也顯現了詩的優越性，使他的詩出現了類如小說式的寓言性和張力，他的另一首詩〈陷眠〉：

我假影做一尾蟲
Bih 入去烏暗 ê 岫窟
現實 ê 世界 beh 揣（註①）**一個寒天**
哪有啥困難？

就按呢，詩恬恬（註②）

家己陷眠起來

我真正變做一尾蟲矣
一寡仔驚惶，偷偷仔
探出去洞外
試看覓仔
人情 ê 冷暖

註：
①beh 揣：躲避
②恬恬：靜靜

這詩的有趣，不只在聲韻朗誦之節奏吧？無論如何，卡夫卡那人變蟲的「蛻變」的意象，猛地就會跳入腦海中來吧？

以故事意象寫詩，以詩感情寫故事，意象交錯跳躍，美妙無比。

路寒袖（一九五八～）

台中人，本名王志誠。曾任出版社編審、傳播公司主編兼企劃、報社編輯、高雄市及台中市文化局局長等。創作以詩、散文為主，兼及兒童文學與歌詞創作，早期詩作堅持高雅清澈的理念及維繫細緻優美的旋律，真實寫出洗煉的人生；一九九一年起投身台語詩創作，作品蘊含對愛情、親情的歌頌與人道關懷；近期亦發揮影像專長，拓展影像詩文類。

「台語」

星光閃閃

——讀路寒袖〈春天的花蕊〉

雖然春天定定會落雨
毋過有汝甲阮來照顧
無論天外烏雨會落外粗
總等有天星來照路

汝是春天上婧的花蕊
為汝我毋驚淋鴛澹糊糊
汝是天頂上光彼粒星
為汝我毋驚遙遠佮艱苦

春天的春天的花蕊歸山崁
有汝才有好芳味
暗暝的暗暝的天星滿天邊
無汝毋知佗位去

——一九九四年

這是路寒袖在一九九四年為陳水扁競選台北市長而寫的歌詞。

雖然是爲政治集會、演講而寫的，有特定目的寫作的歌詞；但因爲意象優美，念起來朗朗上口，所以，當它被譜上柔美的曲之後，一時風行大街小巷，非但台北市，幾乎成了全台灣都流行的歌，歌的結尾或間奏還要插入「阿扁啊」、「阿扁啊」的呼喊。

這景象也使我聯想到八〇年代初，在南韓首爾街上，所看到、聽到的韓國學生運動「反獨裁統治」的場面，學生們除了遊行吶喊，也伴隨著合唱壯美的歌。共同的歌，表達群體共同的心聲，共同的思想，哀傷和嚮往。

在台灣政治戒嚴時代，因政治理由被列入黑名單不得返鄉的台灣人，在同鄉會夏令營聚會中，一定會演唱〈黃昏的故鄉〉，這歌被海外台灣人稱爲「國歌」。

美麗島事件，大逮捕之後，受難家屬代夫出征，〈望你早歸〉又變成了另一首「新國歌」；台上演講者，發言慷慨激昂，演講快結束時，歌聲一出。大家合唱，含淚飲泣，一片哭聲。

台灣人似乎容易在「含淚飲泣」之後，心靈才得以「淨化」，才找得到氣的出口，或「自憐的團結」。

台灣人何以百年來，喜歡歌仔戲「哭調仔」似的哀調，而不是充滿陽光、星光的浪漫開朗之曲？

有一次，聽到生態學家陳玉峯的演講，他說了一段令我印象深刻的話：「我在台灣山脈四處觀察、研究，並拍照記錄台灣生態景物，回家在暗房中沖洗底片，靠北！有一天發現，爲什麼我拍的每一張照片沖洗出來，總帶著一種淡藍色調？送到照相館去沖洗，一樣是總帶著偏藍色的基調，我恍然大悟，台灣大地，大氣之中四季都充滿過多的『水氣』，因此，使得在這島上的人也因此淚腺特別發達，喜歡『哭調啊』，因爲『流淚』是適應環境，發展出來的生理。」

這眞是驚心動魄的一段話，陳玉峯當然是內心充滿憤怒、恨鐵不成鋼，脫口吐出的「黑色反諷」。

但從某一個層面看，也有幾分文化人類學的道理吧？太變幻莫測的歷史，每年四季不斷的地震、颱風；人爲的、自然的災難，周而復始，使台灣人形成了某種形式的「莫可奈何」的宿命情緒吧？

但眞的是如此嗎？我也記得，某一次，我去法國旅行，回來之後，碰到一個法國朋友，我向他說：「上帝一定是你們法國人，要不然不會如此厚待法國，土地肥沃、人口適中、無風災、無地震，整片沃野，連高山都少！」法國朋友卻如是回應我：「不，我認爲上帝是台灣人，祂不斷用風災、地震考驗你們，提醒你們別失去信仰。」

多好的一段話！多勵志的一段話！

台灣政治集會的群眾之歌，在八〇年代中，高雄有一位鄭智仁寫了一首〈福爾摩莎，咱的夢，咱的愛〉，曲風抒情、優美、充滿鼓舞的力量，我第一次在幾萬人的台灣人集會中，看到旗幟飄飄，大家充滿喜樂，開口合唱，最後不只是「含淚微笑」，而是滿懷歡樂，唱完大家回家去睡甜蜜的覺。

然後，九〇年代初，路寒袖這首歌詩出現了。

不再是「黃昏的故鄉，不時在叫我」，而是腳下的故鄉，「無論天外烏雨會落外粗」、

「總等有天星來照路」；而且更是「春天的花蕊歸山墘」、「有汝著有好芳味」！

「靠北！台灣四季多水氣，所以台灣人的淚腺特別發達！」，從陳玉峯的「憤怒」，到路寒袖的「汝是天頂上光彼粒星，爲汝我毋驚遙遠佮艱苦」！這斷層有多深啊，這路有多遙遠啊！台灣人走了多久，才終於明白，原來「天堂」一直就在「地獄」隔壁啊。

一尺之隔，一寸之隔，不，一分之隔，不，一心之隔！

原來「水氣充滿」，有時使人「淚腺發達」，但有時返身一看，它也使得「春天的花蕊」有了水氣而開放得「歸山墘」啊。

上帝是台灣人，無誤！

四、原住民詩人

歐威尼（一九五八～）

屏東魯凱族，本名歐威尼・卡露斯（Auvini Kadresengan），漢名邱金士。創作文類包括散文、小說、詩歌。大量使用魯凱族母語並與漢語交錯，形成獨特文風；內容則涵蓋魯凱族的信仰祭儀、家園的地理環境、部落變遷史、部落藝術文化、乃至雲豹傳說等。其作品透過文字敘述民族文化的內涵，也藉創作向祖靈溝通聯繫，以喚醒族人對文化資產的珍愛。

心靈的安魂曲

——讀歐威尼的〈故園情・古茶布安〉

月光依舊
溫柔的銀光灑遍石城
雲瀑依舊
激越的豪情宛如洩洪澎湃
相思樹迎風婆娑
點點黃花
撒下漫天相思的情網
溪澗旁百合淡淡的清香
宛若一只搖籃
輕輕搖盪我入夢鄉
仲夏之夜
我的家鄉——古茶布安

守護神——大瑪烏納勒依舊日夜守望著
蒲葵樹風雨無阻
踮高了腳尖遙盼著
貓頭鷹「咕咕」的叫聲
滿山尋找
不見舊日熟悉的笑容
日漸瘖啞的
荒城之夜
我的故鄉——古茶布安

——一九九六年十月三十日，收於《雲豹的傳人》

這是魯凱族作家歐威尼發表於一九九六年的詩作，歐威尼是出生於舊好茶部落（古名：加者榜眼社）的魯凱族人，舊好茶部落是自前清時代即已存在的魯凱人老部落，傳說中是魯凱獵人帶著雲豹在山中狩獵時，來到此山中一個由瀑布形成的深潭前，喝了潭水之後，便不再往前走了。魯凱人便在此潭的四周，建立了以石板爲主要建材的部落。

這個部落在深山中，存在了數百年之久，現在已被世界級的古蹟保護NGO組織列爲「世界極需保護的五十個重要古蹟遺址」之一。

舊好茶石板部落之所以重要，不只是因爲它特色的石板建築，還因爲頭目家屋保存的頭目家族數十代系統，極爲完整之故。

也就是說，這個部落，不但在硬體石板建築特殊，它的頭目系統代表的社會體系也彌足珍貴。

歐威尼出生於如此古老的部落，從小又飽受部落最偉大的雕刻師兼史官力大古的薰陶，魯凱文化的原型早已在童年時代鏤刻在他的腦海心版之中。

但歐威尼在青年時代便離開了部落，爲謀生而投入現代都會文明中，浮浮沉沉，中年以後，終忍不住對故鄉的思戀而返回部落。但此時的族人，因被政府強迫由深山遷徙到隘寮溪下游，由水泥建構的如集中營般的新部落，叫「新好茶」。

新好茶部落建立在河床上，周圍是達四十五度以上的斜坡，根本無法耕作。部落族人能賴以維生的，就是下山去，到平地都會流落爲出賣勞力的工人。

新好茶部落唯一的小學，在學校畢業典禮那天，校門口便停了兩三輛遊覽車，準備將國小畢業的小學生載到都市工廠當童工。

即便如此，這在隘寮溪畔由政府強力興建的新好茶部落，已由於選址的錯誤，在短短的幾十年間，歷經多次風災、土石流，終於在一次大災難之後，整個部落被土石掩埋了。

魯凱人又再次被迫遷徙，往更山下的禮納里（永久屋）和其他包括排灣族群及不同部落的受災戶共同混居在一起。

短短兩代人，歷經兩次大規模遷村，每一次集體遷村如同一棵樹從土壤連根被拔起，再轉往另一處種植，再拔起，再次往別處種植，這樣的樹，能不畸形成長嗎？樹沒有思想，不會吶喊，但人呢？一次又一次，被迫丟棄祖先遺留下來的文化母體，爲適應新的「生存場所」，而不得不扭曲著去適應新的「心理場所」，而這種扭曲是接續著在兩個至三個世代中時刻進行著，從心理面來看，這是一種「文化屠殺」。

厭倦了都會生活，中年之後，斷然返回部落的歐威尼，發現已無「部落」可返回，其中一個被埋葬在土石泥沙之中，另一個則被拋棄在海拔九百多公尺的深山之中，任由風吹雨打，石板崩落，屋牆傾倒寂無人煙，雜草蔓沒。

故土在那裡呢？心裡的原鄉在哪裡呢？

幾經掙扎，再加上家道連續受不幸事件重擊的歐威尼，遂決定重回山的深處，昔日祖先的「原鄉」——舊好茶。重整石板舊屋，一個人默默如同逆著行走的嬰兒，爬行著，通過幽暗的產道，回到母親的「子宮」，蜷縮著安適地閉起眼做著最初的夢。

這是一種暗喻，也是一種象徵。最近，歐威尼試著用魯凱史官一般的吟哦節奏，開始用文字書寫了近些年他靈魂出走到回歸的故事，並且出版了幾本書，詩倒是他較少使用的書寫方式。

這首詩〈故園情．古茶布安〉，就是他返回子宮裡的嬰兒的囁嚅自語，以著一種最原始的心的語言，喃喃自成一種節奏和韻律，那是最幽遠最幽遠的山靈的安魂曲。

吹過黝黑的深山樹林的風聲，隱密水潭的波動聲，已絕種的雲豹的夢囈。

宛若一只搖籃
輕輕搖盪我入夢鄉
仲夏之夜
我的家鄉——古茶布安
……

滿山尋找
不見舊日熟悉的笑容
日漸瘖啞的
荒城之夜
我的故鄉——古茶布安

如果你有機會，哪天夜裡，從禮納里往舊好茶的方向眺望，好天氣的時候，在深山最黑最黑的地方，有一小點若有似無的小光點，那有可能就是古好茶部落山靈點燃的呼喚遊子的燈，歐威尼或許就在那兒，吟誦哀傷的舔舐傷口的古韻。

註：古茶布安，為魯凱語稱呼「舊好茶」的地名。

高一生（一九〇八～一九五四）

嘉義阿里山鄒族。著名鄒族民族運動提倡者、音樂家及詩人。曾接受西式音樂教育，也學習日本俳句詩歌，影響其後的音樂及詩歌創作。其歌曲及詩作流露關懷家鄉與群族之情，以及對族群及個人的崇高理想。二二八事件發生後，因協助涉案者避難及倡導原住民族自治運動，成為白色恐怖受難者。

餘音

——高一生的〈春之佐保姬〉和〈杜鵑山〉

是誰在森林的深處呼喚？
寂靜的黎明時候
像銀色鈴鐺一樣
華麗的聲音　呼喚著誰？
啊！佐保姬啊
春之佐保姬啊

是誰在森林的深處呼喚？
在寂寞的黃昏時候
像銀色鈴鐺一樣華麗的聲音
越過森林

啊！佐保姬啊
春之佐保姬啊

是誰在高山的深處呼喚？
在故鄉的森林遙遠的地方
用華麗的聲音
誰在呼喚？
啊！佐保姬啊
春之佐保姬啊

這是阿里山鄉鄉長高一生（一九〇八～一九五四）鄒族偉大的政治家、音樂家在一九五三年被關押於政治監獄——青島東路看守所時，寫給愛妻的一首歌。

「春之佐保姬」是日本人信奉的春之女神。高一生的妻子叫高春芳，這是高一生用暗碼似的暗喻「高春芳」之「春」乃「春之佐保姬」，春之愛神。

高一生被國民黨政府誣陷爲「匪諜叛國」之罪嫌，獨自關押於青島東路看守所時，高一生預知他自己的命運，這首歌應是他以「遺書」般的心情，向愛妻高春芳留下的「最後情書」吧，次年春天一九五四年四月十七日，高一生被國民黨專制政權處決，這首詩歌成了最後「美與愛的餘音」。

原詩由日文寫成，因爲高一生是日治下受日本教育，刻意栽培的原住民知識精英，現在來重看他遺留下來的記事本、書信。日文用詞，用字精準而優美，反而是華文略顯生澀，原因就在於，他大半生直到台南師範畢業，他的「國文」教育，即是「日文」。

高一生被日本人譽爲「阿里山上的尼采」。這句話隱喻著高一生，不但在藝術造詣上天才橫溢，在社會、人文思考上，也有異於常人的深刻度。

高一生的悲劇源自於生錯了時代，碰到了野蠻不文明的政權。

他主張「高山自治」，以此形式改革，並保存岌岌可危的台灣原住民傳統及文化，他甚且進一步主張，在原住民文化中，屬於迷信的有礙現代知識的，如「室內葬」應加以廢除，採現代化墓園式移葬，以維護公共衛生，減低疫病衍生之可能。

他的社會改革，一方面引起後來的政權的疑懼，懷疑他的高山自治會成爲「井崗山式游擊區，更不幸的是，也引起族人識見短薄的反彈。

在極爲複雜的歷史與政治誤解和陷害下，這個阿里山數百年難得一見的先知先覺者，竟然逃不過異民族政權國民黨神經過敏又狂暴的政治迫害，連同同鄉最精英的幾位人物，一起被處決，被暴政輾壓而過成爲灰燼。

高一生生前遺留下來的詩歌，大都以日文創作，少部分以他的母語爲之，以鄒語寫作的歌，應是他體會到，某些情感即便以他的「國語」也難以表現吧。另外，他也有一首遺留下來的「華文歌曲」——〈登山列車〉。那是他的人生，跨越過兩個世代的印記。

高一生生前是否有志於成爲「文學家」？我們無從得知，因爲他被蔣介石處決後，家人因擔心他的記事、文字內容累及鄉人，而付之一炬，已無踪跡可尋。但以他留下來的閱讀記事及他寫的歌詞、家書的日文書信，便可看見他在文學上的造詣甚高殆無疑義。

從他的兩首音樂〈春之佐保姬〉及〈杜鵑山〉的歌詞，我們便可以十分肯定，以詩的標準，那是兩首無論在節奏、意象、象徵上，都絕對是第一流的「現代詩」，反而是台灣詩人現在寫的詩，很多都失去了「歌」的韻律，從此種現實看，將高一生的〈春之佐保姬〉及〈杜鵑山〉的歌詩，放回台灣原住民文學領域看待，更富有深刻的啓發意義。

高一生的〈春之佐保姬〉、〈杜鵑山〉是用「日文」寫作的，但對台灣文學而言，「日文」就是當時代台灣人的「國語」，龍瑛宗、張文環的小說很多都是用「日文」寫的，難道那些不是「台灣文學」嗎？

在台灣，在日本，在書寫「台灣文學中原住民現代文學」時，都幾乎把一九八〇年代定為「台灣原住民現代文學」的起點。這是不明白高一生那時代意義的文學觀。

高一生的〈春之佐保姬〉、〈杜鵑山〉是道道地地，動人的描述，近現代台灣原住民處境的一流詩歌，一流文學。書寫台灣原住民現代文學史的學者，最起碼要把「台灣原住民現代文學」的起點再向前推三十年，把高一生的詩歌也列入研究範圍。

〈La la ksu 杜鵑山〉（中譯）

自從離開了杜鵑山
時刻想念那橡樹林
想念那山　真想念那山
拆散的白雲啊　不知飄向哪裡去？

夜裡夢見了杜鵑山
橡樹林的影像漸漸模糊不清
那山竟然看不見，真想念那山
可愛的藍鵲，現在不知飛到哪裡去？

杜鵑山在南邊的方向
我在寬闊原野的橡樹林地
看見灼紅的夕陽，更使我想念那山
山上的郭公鳥，正在哀鳴吧！

杜鵑山的小徑
通過森林頂端到達橡樹林地
那個山在那裡，真想念那山
樹梢的小鳩，回家了吧

杜鵑山就在那個方向
楓葉即將改變顏色的時候了
想念那山，想念那山
烏鴉向著老巢歸去了吧。

經常攀爬台灣高山的人，都會明白，台灣山上有各品種的杜鵑花：毛杜鵑、森氏杜鵑……，我和朋友曾有難忘的記憶，有一次在山裡迷了路，天昏黑下來，匆忙把帳篷綁搭起來；第二天清晨，從營帳內爬出，竟看到帳篷上有幾朵顏色鮮豔的杜鵑花掉在那兒，哪來的杜鵑花？四處張望，不經意抬起頭，才突然發現，昨天天黑中，用繩子綁住的，原來是一株巨大如榕樹般的森氏杜鵑！優美的身姿，在霧中散發出動人的魅力。

高一生的詩，就如在山霧之中，不停散發出誘人秀色的森氏杜鵑花，有緣人、有心人才會碰到，並明白它。

莫那能（一九五六～）

台東排灣族，本名馬列雅弗斯・莫那能（Malieyafusi Monaneng），漢名曾舜旺。創作文類以詩為主，寫出台灣原住民集體心靈的怨恨和自卑，以及救贖和解放的情感，並表現出對於當前台灣少數民族諸多問題的認識，亦透過與自然、祖先的對話，表現原住民的堅強韌性。是第一個以大量文字描寫原住民創傷的詩人。

黯黑中的燭光

——莫那能〈鐘聲響起時〉

當老鴇打開營業燈吆喝的時候
我彷彿就聽見教堂的鐘聲
又在禮拜天的早上響起
純潔的陽光從北拉拉到南大武
撒滿了整個阿魯威部落

當客人發出滿足的呻吟後
我彷彿就聽見學校的鐘聲
又在全班一聲「謝謝老師」後響起
操場上的鞦韆和蹺蹺板
馬上被我們的笑聲佔滿

當教堂的鐘聲響起時
媽媽，妳知道嗎？
荷爾蒙的針頭提早結束了女兒的童年
當學校的鐘聲響起時
爸爸，你知道嗎？
保鑣的拳頭已經關閉了女兒的笑聲

再敲一次鐘吧，牧師
用您的禱告贖回失去童貞的靈魂
再敲一次鐘吧，老師
將笑聲釋放到自由的操場

當鐘聲再度響起時
爸爸、媽媽，你們知道嗎？
我好想好想

請你們把我再重生一次……

——一九八九年八月十日，收於《美麗的稻穗》

這是排灣族作家莫那能在八〇年代後期，寫下的一首詩，副題是〈——給受難的山地雛妓姊妹〉。

莫那能，一九五六年出生，台東縣達仁鄉阿魯威部落的排灣族人，國中畢業後，因爲眼睛視力問題，沒能通過體檢，無法進入師專或軍校就讀，因此停輟了學業，離鄉背井進入平地勞力市場，輾轉流離，幹過砂石工、捆工、築路工，在視力逐漸成爲全盲之後，進入新莊盲人重建院接受按摩師訓練，轉行成爲職業按摩師，一邊也不停地寫詩，吶喊出族人的心聲，第一本詩集《美麗的稻穗》，由晨星出版社出版。

談到「台灣原住民現代文學」，莫那能的詩和拓跋斯的小說，是具有紀念碑一般重要的存在。

八〇年代中、後期，是台灣政治與社會運動風起雲湧的年代，尤其在一九八八年，台灣政治最後一個獨裁者——蔣經國過世之後，長久以來被強力壓制在社會底層的民主力量爆發開來，不但政治團體強力走上街頭，弱勢團體如客家、原住民團體也接二連三湧入街頭，「還我客家話」、「還我姓名」……，好似忍耐過長期嚴冬，突然來到了春天百花齊開的時節，這是台灣人權運動最活躍的一年。

在往後二、三年之間，每一次原住民街頭運動中，常看到一個帶著墨鏡、手持盲人白盲杖，頭紮抗議布條的原住民走在隊伍中，在街頭臨時搭起的舞台中，有人慷慨激昂演講，莫那能最後總會被請上台，以他充滿磁性的聲音，高聲朗誦詩歌，這些詩歌經常是莫那能即興的創作，有時他高聲朗誦，有時他以令人驚艷的排灣古調吟哦、歌唱，從他口中唱出的詩，抒情而又充滿了力道，讓人不禁為之動容。

莫那能的詩，絕大部份是在如此的狀況下產生，他的詩，不是文青們的無病呻吟，是源自民族深處最沉痛的慟哭，莫那能的詩，使我聯想到南韓詩人金芝河，他們的詩，都是在街頭中產生的。

失明，對莫那能的人生，是一次巨大的海嘯，莫那能曾自謂：「如果不是失明，我可能會因此對社會的不滿而鑄下大錯！」

因為失明，使他從紛擾的表象世界，回歸清澈的心靈，用更多的時間去思考自己的生命和族人的遭遇。

〈當鐘聲響起時〉便是莫那能深沉思考後，對原住民社會因為人口販子，在原住民部落以介紹就業，使很多原住民少女被騙到平地社會成爲「雛妓」的悲慘遭遇，在那個年代，曾有原住民某部落，三分之一家庭都有少女被騙流入人肉市場的慘例。這件事激怒了原住民知識青年，以「反雛妓，反詐欺」的名義，發動了結合所有平地人權工作者，聲勢浩大在台北發動了街頭運動。

〈當鐘聲響起時〉，便是在那場運動中，莫那能即興創作出來的詩。

莫那能由於眼盲，初期大部份的詩，都是由漢人朋友幫他記下，運動過後，再復誦給他聽，再修正完成，直到後來莫那能學會了盲人點字，才獨立以點字直接寫下大部份的詩。

莫那能最早的詩作，早在《春風》雜誌一九八四年創刊時，就一共發表了〈流浪——致死去的好友撒給有〉、〈山地人〉、〈孬種，給你一巴掌〉，從最早期的這三首詩作，我們可以看到，他幾乎只以直覺的吶喊爲創作的原動力。

但〈當鐘聲響起時〉這首詩出現，我們已可清楚看到對比、暗喻、明喻、意象跳躍等高超的詩創作技巧，這是他此時已接觸多個詩人朋友，並經常交換寫作技巧得到的成果吧。

莫那能對教會、國民教育以「自以爲是」的觀念很有意見，在這首詩中，他也以溫暖又不失嘲諷的淡淡筆調，道出了心中的不平。

當部落少女被欺騙流入平地人肉市場的時候，「救贖」是什麼呢？教堂的鐘聲是什麼呢？學校教育是什麼呢？曾經充滿操場的童年歡笑聲成爲了虛幻的存在，莫那能在這首詩中的最後一句話更震撼人心：「我好想、好想，請你們把我再重生一次……。」天堂如此遙遠，我們只能卑微的要求：作爲原住民的人生，能不能再「重生一次」？

莫那能自己的人生，以人的立場，眞是無止盡的悲慘，但他仍以令人感極而泣的堅強撐持著，他有另外一首詩，描寫的是，和他自己血脈相連的代名「莎烏米」的妹妹悲哀的人生，莫那能以抒情極致的詩語言，敘述了這樣一種人間至情的兄妹之情，讓我們朗誦它的片段，並以此作爲略顯悲涼的結語吧：

〈歸來吧，莎烏米〉

檳榔樹的葉尖刺頂著圓月
明亮的光穿過了柴窗
照著準備上山的哥哥
照著屋角的背簍和彎刀
背上背簍喲

裝滿小米的種子和芋頭
束緊腰頭喲
繫上祖父遺傳下來的彎刀
上山去喲上山去
雞啼已在催促沈重的步履
早春，早春的空氣
像是剛從地窖起出的小米酒一般
那開封的清香和著情歌
在百蟲交鳴的山徑旁
沿途伴我上山
莎烏米啊莎烏米
唱著妹妹的名字
不論太陽在雲海裡經過幾次的升落
不論月亮在夜空中經過幾次的圓缺
我都不疲倦
莎烏米啊莎烏米
…………

瓦歷斯・諾幹（一九六一～）

台中泰雅族，本名瓦歷斯・諾幹（Walis Nokan），漢名吳俊傑。曾任教於多所國小，一九八五年開始發表有關於原住民的議論文章，致力於原住民文化的推廣，並創辦《獵人文化》雜誌，成立「台灣原住民人文研究中心」。創作文類有論述、詩、散文、傳記及報導文學等。原以筆名「柳翱」寫詩，後傾力寫作散文，以銳利的筆法，批判台灣金權社會對自然人性的戕害及對原住民文化的壓迫；也以傷感有情的描寫，紀錄逐漸被人遺忘的原住民傳統風俗與人文歷史。

假裝著平靜的哀傷

——讀瓦歷斯・諾幹的〈在遠足的山腰眺望我們的部落〉

也是在這個鳥囀蟲鳴的山腰
父親召喚童年的我
一起眺望我們的部落
背景是八雅鞍部山脈
也許只是為了看斑爛的黃昏吧
幾隻飛鳥橫過

與學童再次眺望部落
已為人師的我才忽然感到
童年的父親不只是欣賞黃昏或飛鳥
不管在陰暗或晴朗的天空下

我們山區的部落總是安靜地上演著生命的悲劇

瓦歷斯．諾幹，一九六一年出生，台中市和平鄉泰雅族人，台中師專畢業，漢名叫吳俊傑，早期以「柳翱」爲筆名，在報章、雜誌寫了系列〈部落紀事〉、〈泰雅詩誌〉、或〈泰雅筆記〉的詩與散文。單純的記載了一些有關泰雅族部落的風俗與民情。

八〇年代中後期，有關台灣原住民的社會運動勃興，他開始關心原住民命運的大方向，大概也在此時讀了較多有關台灣原住民的歷史，寫作風格開始有了對原住民命運深一層的思維，而有更犀利的透視，於是「瓦歷斯．諾幹」的文學時代開始。

這首詩〈在遠足的山腰眺望我們的部落〉出現的年代，正是在「柳翱」走向「瓦歷斯．諾幹」文學轉折點上。

瓦歷斯．諾幹因爲畢業於師專教育，在學生時代大概也讀了不少漢人作家編輯出版的現代詩刊，所以早期他的詩，對標準中文語句、意象的跳躍，可以看出他受現代詩派詩人的影響。

但隨著原住民意識的覺醒，他似乎開始明白重返自己的母胎文化，由泰雅人的語言、古謠韻律中找回它的抒情與音樂性。

瓦歷斯．諾幹近年的作品已呈現更洗鍊的個性、風格也再三演變，形成多稜角鏡的視野，富有張力。

不過，由於我十九歲便進入原住民部落做社會研究，最初調查的部落就是布農族與泰雅族的部落，泰雅人的文化性格深深吸引了我，泰雅人在某個層次是令漢人迷惑的種族，他（她）們極端浪漫，追求徹底的自由，但偶爾又哀傷而暴烈，「霧社事件」本質會以如此形式進行，對明瞭泰雅人賽德克群（現在已叫賽德克族）文化性格的人一點也不意外。

即便是憤怒、哀傷極處，他們獨處或家族相對的時候，也常帶著幾分抒情而憂鬱的性格。朗誦瓦歷斯．諾幹這首詩，設想著一個人在森林中獨自漫步，喃喃自語如風般令人著迷。

啊，明天死了也可以！讓他們「那不知名的壓迫力」見識我們野蠻的文明！

父親召喚我在「鳥囀蟲鳴」的山腰，一起「眺望我們的部落」，背景是「八雅鞍部山脈」。

然後，讀者們再跳唸「已爲人師的我才忽然感到，童年的父親不只是欣賞黃昏或飛鳥」，「我們山區的部落更是寂寞安靜地，演著生命的悲劇」。

這首詩徹底打動了我們的心，因爲他重疊了我們的生命經驗；譬如我小時候，一直和祖父很親。我考上大學離鄉那年，有一天晚上，祖父和我去尋找走失的老水牛，走累了，坐在水圳堤上，祖父和我一語不發，祖父一直看著月光下結穗的稻田，突然向我說：「別忘了，放假要回來。」

那天晚上，月光下的稻田成了我人生永遠無法忘懷的景象。現在，稻田消失了，時代的景象完全變更了，變更是無法又無奈抵抗的力量。

如果從「懷舊」的美好抒情畫面看，出現在寧謐稻田中醜惡的水泥建築就是一種「入侵的病毒」，它徹底擊垮了瓦歷斯·諾幹和我的「如天堂般的心靈場所」，悲哀又憤怒無助的是：我們無法明白，這病毒力量由何而來。它的結構太複雜了，我們無從抵抗！

也許瓦歷斯·諾幹和泰雅人碰到的病毒比較明確，侵入的方向路徑也較清楚，但同樣的狀況，我們都無法抵抗它摧毀我「月光下的稻田」和瓦歷斯·諾幹「八雅鞍部黃昏的部落」天堂般「心靈的場所」。

歌頌那「天堂般優美的心靈般場所」是爲了抗議那「被強迫改變的地理醜惡場所」！

那是一種很抽象但又再具體不過的「哀傷的幻相」。我們能做的抵抗只有假裝著平靜凝視著它，直到生命結束。

如果如此導引大家，仍然無法使你「明白我的知道」。那麼讓我們再唸一首瓦歷斯・諾幹同一時期的詩作〈番刀的下落〉：

入夜後，山雨的手勢
很模糊，也許是邀我入山
難說，不過我倒想起部落的番刀
掛電話問父親番刀的下落
竟說是離家出走了
蓋著被子看到窗外的番刀
起身隨它帶領到森林的邊緣
叮叮咚咚的伐木聲來自
已然禿盡的部落山脈。天一亮
知道又做夢。早晨有點悲涼

番刀去了那裡？番刀能做什麼？番刀在歷史上曾經維護了泰雅人「野蠻的文明」。現在它還能做什麼？瓦歷斯．諾幹找到它，又能成就什麼？

如同我一直在生命中想復持的「月光下美麗的稻田」，恐怕也只能在夜風中，假裝坐在家鄉圳堤上，欣賞著在腦海，心際湧現出來的「平靜的哀傷幻相」吧？

夏曼・藍波安（一九五七～）

台東達悟族，本名夏曼・藍波安（Syaman Rapongan），漢名施努來。曾任台北市計程車司機、國中小代課老師、台北市原民會委員、公共電視原住民新聞諮詢委員等。創作文類包括散文及小說，小說創作敘述達悟族的神話故事，散文作品則描繪個人身處蘭嶼及台灣兩社會的心境轉折，並以重新學習該族生活、接受海洋洗禮等過程，呈現個人與民族的情感，企圖喚起台灣原住民對自身文化的認同。

交織神話與海洋之歌

——讀夏曼・藍波安的〈黑色的翅膀〉

為什麼　有這麼多人要來
偷走我們孩子的心
牽走我們孩子的鼻
離開碧海藍天
遠離族人的關懷

為什麼　有這麼多的人要來
踐踏我們乾淨的土地
毀滅我們的熱帶林
困擾魚群的睡眠
阻擋獨木舟的航道

為什麼　有這麼多的人要來
混淆我們的生活
鄙視我們的丁字褲
污染我族人的靈魂
分割我族人的肉體

蒼黑的老人
佇立在白色礁石上
正視浩瀚的太平洋
用盡他所有的嗓門
努力吶喊道：
飛魚神（註）
真對不起
我的族人沒有努力
實行黑色翅膀的囑咐

註：飛魚神，蘭嶼達悟人傳說中的「黑色翅膀的飛魚」。

這是蘭嶼達悟族人作家，夏曼・藍波安在一九八〇年代中創作的一首詩。夏曼・藍波安目前以海洋觀點的長篇小說引起文壇極大的重視，也有了日文的翻譯本問世。

如同八〇年代中、後期，台灣原住民的文學，是以一連串的原住民人權街頭運動，喚醒原住民知識青年的精神自覺，而跳上了台灣現代文學的舞台。

蘭嶼是個孤懸在台灣東部太平洋上的小島，從日治時代被日本人類學家拜訪，並以「紅頭嶼」稱之，其實，如以達悟人的自稱，蘭嶼應叫做「人之島」。

蘭嶼島住著兩千多名叫「達悟人」的少數民族，早先，人們認爲他們和菲律賓巴丹島人同源，使用著發音近似的語音，不過，十多年來經過馬偕醫院前醫師林媽利及她的團隊，以血液基因研究，認爲他們和台灣東部的原住民如阿美、卑南……，有更親近的關係，達悟人和巴丹島人的語言使用近似，乃是由長久「貿易」交往影響的結果。

不管眞相如何，從蘭嶼被納入台灣的範圍討論開始，蘭嶼達悟人的文化、習俗都和台灣島內各種族，甚至就算在台灣原住民各族之中也顯得極具特殊性。

台灣雖爲四面環海之島，但住在島上的居民不分種族，唯一能稱爲標準「海洋民族」的唯有達悟人。

蘭嶼大部份的面積是低矮的山丘，覆蓋茂密熱帶海岸林，只有環島四周有極爲狹窄的坡地可供農作，種植塊根類的芋頭，蘭嶼達悟人大部份的蛋白質來源都取自大海之中。

魚類當然就是他們食物的最大宗來源，蘭嶼島位在黑潮流經的海域，隨著黑潮而來的洄游性魚類，是上天帶給達悟人的恩賜，千年來，達悟人就以駕著美麗的拼板舟，簡單的魚撈技術，過著寧靜而自足的生活。

當年，日本人類學家初臨紅頭嶼，就把達悟人的文化視爲珍寶，建議日本總督府劃爲半禁地，以避免它太快速接受現代文明衝擊而崩潰。

國民政府的到達，此項默契被打破，先是東南部漁民經常侵入蘭嶼海域，以較具優勢的魚撈網具，搶奪了近海達悟人賴以爲生的漁業資源。接續著觀光文化入侵，大量台灣及外地遊客以欣賞動物園中「動物」的眼光，驚詫著他們的丁字褲、地下屋、美麗的拼板舟、晾曬在海邊的魚乾架。

繼接著，電視來了，各式台灣本島內帶來的新奇玩具、衣飾、食品、電玩鋪天蓋地而來。最後，邪惡的核能廢料也以「罐頭廠」的欺詐之術，偷偷被安置在島上。

達悟人像是行走於暗夜的角落，莫明所以的受到莫明人物當頭的棒擊。所謂現代科技文明以達悟人最害怕的「阿尼肚」——魔鬼，被安置在島內無所不在的角落。使他們平靜無波的生活，帶來吞噬性的海嘯。

夏曼・藍波安被稱爲蘭嶼島第一批到台灣首府地區台北，接受高等教育的知識份子，所學的又是法國文學，以這樣的經驗，在重返故鄉看到及感受到的矛盾和衝突，恐怕是比任何達悟同胞更巨大的吧？

一方面是自小便進駐在靈魂深處的魔幻神話，另一種是遠從看不到的地方——法國帶來的精神隱喻。中間還要夾雜捲舌音，不斷地從東亞古大陸帶來的大漢沙文主義。

如此說吧，夏曼・藍波安是一隻天生的海龜，要被草原的馬、森林的虎，逼迫一起對話。「海龜」的「心理場所」，要如何去應對老虎與馬的「心理場所」？海龜的陸地世界只供牠生蛋、安歇，他的夢境在深藍色的大海之中，海龜會做草原與森林的夢嗎？但他被強迫一定要做草原與森林之夢！

在台灣島人眼中，魚就是魚，但在達悟人眼中，它分「男人魚」、「女人魚」、「小孩魚」、「老人魚」……。

在台灣島人味覺中，「飛魚就是飛魚」而且肉質粗糙，滋味不佳。

在達悟人心中，飛魚是地球上最神奇的生命，他可生活在海中，又可脫離水面長距離飛行，飛魚是神，尤其是有著「黑翅膀」的那種。

「黑翅膀的」，像摩西，給希伯來人帶來神的訊息，給達悟人十誡：必須嚴守的捕捉飛魚的時令、種類，食用的方法以及一切下海的禁忌。

「飛魚的文化」就是「達悟人的文化」。

飛魚的夢就是達悟人的夢，就是夏曼．藍波安文學中的文學，是他的小說、詩歌中「場所」中的「場所」。

夏曼．藍波安的文學靈魂是「蔚藍色」的，伴隨著海的鼻音。

海龜的夢很難向老虎和馬述說。即便說了，大部份時候，老虎和馬也聽不懂，老虎和馬如何能明白，同時在海裡潛泳和在空中飛翔的感受？

夏曼．藍波安的夢魘是：海龜的後代要被引誘「離開碧海藍天」、「遠離族人的關懷」，到馬戲團表演虎的跳躍和馬的奔跑。

這是人生最殘酷的惡戲。

阿道・巴辣夫（一九四九～）

花蓮阿美族，本名阿道・巴辣夫・冉而山（Adaw Palaf Langasan），漢名江顯道。曾為「原舞者」團員、特約團員，並參與過許多劇團演出，後創立「冉而山」劇團擔任團長、導演。創作文類以詩為主，其詩以明顯的舞蹈律動、阿美族開朗的性格、大量母語的介入以及跳躍的邏輯為特色。

漩渦與浪濤之舞

——讀阿道・巴辣夫〈彌伊禮信的頭一天〉

歸來吧　卡拉夫（註①）歸來
自 Tapag no Tatu'asam（根源地　的　始祖的）
都來了你親愛的思辣兒（註②）

手牽手圍繞在茅屋前的曬穀場
ho ho ho iyan（領唱者唱）
ha——（答唱者和音）
ha he he ho iyan
ha——

是彌伊禮信（註③）的頭一天　今天

正邀你共舞唱呢
伊娜噢　伊娜（註④）
靜靜隨歌輕輕步舞的是
捧著遺照在中央的你的長女
一一敬 kolah（註⑤）向你的思辣兒的是
舀自古嫩（註⑥）的你的二女
哇噢　伊娜
高歌舞躍在屋外
淒切地慟哭啊在屋內

自小曾放牛在阿多毛（註⑦）的溪邊
你搭草寮我找野菜
你網魚　我升火
牛入水了　我們奮泳……
伊娜噢　伊娜

好喜歡捏塑黏土啊你
長大定為我做大的古嫩 你說
　古嫩可醃 siraw（註⑧）
　古嫩可釀 kolah（註⑨）

還再高歌勁舞啊你的思辣兒
年年不都是卡拉夫你領唱的嗎
而卻不聞見了今天
伊娜噢 伊娜
年輕時你們一起遠洋打魚
卻多年不見歸來
自入港後
練就一身黝黑的健體魄
怎麼沒帶幣啦（註⑩）
才知曾被扣留關在國外啊

哇噢　伊娜
自邀你「迷卡拉夫」後（註⑪）
視吾家為你家
整治得田園好好喲
也曾上木瓜林區工作
眼見原木一一往下溜……
都不見了大熊山豬羊
養在蒼莽的森林裡
憤而離棄到阿拉伯沙漠工作
嗯　伊娜　嗯
狂肆虐的赤辣光　嚴寒的冬日
兩年後
抱了一畚箕的幣啦回家

伊娜噢　伊娜
看了花花的一畚箕的幣啦就
心癢癢……
何不把茅屋摧倒
蓋個漂亮的鋼筋水泥房
不行　大聲地你說
茅屋是僅存的妮雅盧（註⑫）的啊
　藍藍的卡卡拉揚是我們的妮雅盧　曾經
　朗朗像一面很大的拉零0昂
　映輝著吾阿靈0的優游翱翔（註⑬）
　高山原野是我們的妮雅盧　曾經
　洪荒的榮光　震攝吾之心靈
　並哺育壯大我們
　汪洋大川是我們的妮雅盧　曾經
　亙古的優閒　活潑　澎湃……

生生不息了我們達萬千年
男子集會所是我們妮雅盧　曾經
述說著始祖的神話傳說故事
鞏固了吾有形無形的籬笆（註⑭）
嚴酷的成年禮是我們的妮雅盧　曾經
叮嚀我們勇猛像大熊
慈如木瓜的香　木瓜的甜
醉歡的彌伊禮信是我們的妮雅盧　曾經
邀天神瑪拉道和祖靈共舞唱
以虔誠　感恩　歡欣之情
渾沌初始是我們的妮雅盧　曾經
回歸迷人的茅屋

好生可愛的娃娃
伊娜噢　伊娜

似懂非懂啊我　你講的是什麼
還是蓋了鋼筋水泥房在茅屋旁
而茅屋卻成了大人娃娃愛去的地方
有故事　歌舞聲……洩流出來
更是編藤竹器的好所在
真不該　後悔了真不該
叫你上北迴隧道工作去
實在太大了我的慾望
有不少思辣兒跟你一道去
伊娜噢　伊娜
濕紅紅了他們的眼眶
北迴完工了
又下南迴隧道
嗯　伊娜噢　伊娜
都流鼻涕了你的思辣兒

仍然歌唱得高亢　舞躍得有勁
像奔騰的馬太安溪
　hi ya ha hei yo
　hi ya ha ha hei
　hi ya ho hei yo
　hi ya ha ha hie
曾夢見你有一晚
你
靜靜地　柔和地看著
我
電話一響
轟然一響
塌了真的
塌了黝邃的隧道

伊娜嗅　伊娜
捧著遺照的長女在中央
舀自古嫩的二女還在敬……
嗯　哇嗅　伊娜
卻曾伏在啊我們
伏在宛如心臟的
一鐔的
「古靈」啊
嗯　伊娜　嗯

別再哀傷吧大嫂和你們全家人
有一思辣兒說
吹撫吧涼風
讓涼風撫慰你傷痛的心
煥然一新吧你們全家人

煥然在臉上　身上
更在心靈裡
一如竹之鮮嫩的新節
跟著來吧大嫂
來和我們共舞唱像往年
在另一祭場

——一九九三年十一月五日，收於〈誠品閱讀〉雙月刊第十二期

註：
①卡拉夫：夫婿
②思辣兒：阿美族傳統同「年齡層」的夥伴
③彌伊禮信：花蓮阿美族祭典。年祭。
④伊娜：母親
⑤kolah：糯米酒
⑥古嫩：陶罐
⑦阿多毛：部落名
⑧siraw：阿美醃肉
⑨kolah：阿美糯米酒
⑩幣：錢幣

⑪迷卡拉夫：招贅
⑫妮雅盧：部落
⑬馬太鞍部落傳說
⑭妮雅盧—阿美語部落，又有籬笆之意。

這是阿美族詩人、劇作家、舞蹈家，阿道．巴辣夫，發表於一九九三年的作品，收錄在《山海文化》雙月刊創刊號。

阿道．巴辣夫是花蓮太巴塱部落人，一九四九年生，台大外文系畢業。

阿道．巴辣夫至今發表的文學作品並不多，但卻極富有阿美族文化的獨特風格。

在台灣原住民各族中，最接近海洋的兩個民族是蘭嶼達悟族和花東的阿美族。達悟族是典型的海洋民族，阿美族據稱也曾經是，但現在觀之，也許已退縮至只能以「河川及潮間帶民族」稱之，阿美族何時從挑戰汪洋逐次撤退回「潮間帶」及秀姑巒溪等「河川」？到底基於何種原因？這些都有待進一步研究。

阿美族是台灣原住民諸族中，最善於歌舞的族群，他們的舞蹈多有模仿於海浪及河川之漩渦，流動，多變而優美。

阿美族的歌則富於節拍性，用以規律並配合舞步變化。

他們每年的年祭（花蓮叫「彌伊禮信」Mi-ilisin，台東卑南阿美叫「基路馬鞍」），「基路馬鞍」有「回家」的意思，而花蓮阿美族稱年祭爲「彌伊禮信」的儀式中，也包含了「基路馬鞍」的儀式，因此，也可延伸爲具有「身體，靈魂要回家」的內涵，漢人含糊稱它爲「豐年祭」是粗糙而不明其細膩之意的。

在阿美族（初鹿卑南族亦有）彌伊禮信的儀式的頭一天晚上，如果部落中，過去一年有發生喪事的家庭，部落裡會有長者帶領部落裡的人，到他家圍繞家屋而歌、而舞，安慰喪家家人，喪家則以禮回之，經慰靈之舞後，喪家得以解除「服喪禁忌」，並獲得允許參加部落祭典和族人一同歌舞。

這是阿美族人文化中「共同承擔災難和痛苦」的動人儀式。

阿道．巴辣夫的這首詩〈彌伊禮信的頭一天〉就是以阿美族人以此項傳統儀式爲詩歌的形式，填入故事敘述而構成的，和台灣漢族作家，特別是和以「移植西洋」的現代派詩人的詩風格極爲不同的。

〈彌伊禮信的頭一天〉這首詩，以阿美族人社會最特殊的「年齡階層制」中的思辣兒（Slal，同年齡層朋友，近似漢人的結拜兄弟）爲敘事觀點，描述了一個因爲在工作中死於隧道崩塌意外事件中思辣兒的一生。表像在寫「一個人」，隱喻的是寫當前整個阿美族人的悲歌，被迫離鄉，爲了生存不停轉換工作，始終在最底層的工人階層中流動，最後喪失性命，結束大好青春。

原本應是一齣令人憤怒不平，哀傷痛苦的戲劇，但在阿道・巴辣夫以巧妙的詩句，融合入阿美族的歌謠及舞蹈律動，而沉潛了下去，變得更深沉，更抒情，更哀怨，更打動人心。

這是一首長詩，但如以台灣原住民敘述歌詠傳統，它只是一首「短歌」，魯凱人、排灣人、阿美人古敘事風格，他們常有一歌詠家族、部落故事便一天一夜以上的。

花蓮、台東、屏東，阿美族人，約分爲五個群落，海岸阿美、秀姑巒阿美、南勢阿美、卑南阿美及恆春阿美。如此，也只是人類學上很粗淺的分類法。不管如何分類，在各群落文化底蘊中，「海洋」與「溪流」，水的印象，始終是她的文化底蘊中不可或缺的要素。

阿美族的歌舞，是台灣原住民文化資產中的塊寶，在過去田野工作經驗，花蓮大港口部落的「海濤之舞」及宜灣部落的「漩渦之舞」曾大大震撼過我（其實阿美各部落都有同形式之舞）。

一波一波如怒濤拍岸，甩頭踏步，聲勢駭人，又或如秀姑巒溪之水漩渦，越旋越大，最後，整個部落的歌舞者都成爲一個巨大的「肉體的大漩渦」，性格柔美的阿美族人，剎那間，成爲兇猛、剽悍無可抵抗的存在，眞不可思議！

阿道・巴辣夫的這首詩〈彌伊禮信的頭一天〉，正是如此形式的一首詩，起始如喃喃自語，繼而一個年輕族人死亡流離的故事，控訴，憤怒，接著整個部落的文化失落，怒濤迎面而來，漩渦將讀詩者捲入情緒漩渦，而讀詩者還在驚駭之餘，漩渦又復歸越來越小，怒濤逐漸平靜，只剩下讀詩者的訝異和綿綿哀傷。

阿道・巴辣夫這首詩，是一首如流水般的悲歌，如荷馬的《特洛伊》、《奧迪賽》的序曲。

這是台灣現代詩中的「奇作」！但它一直被忽略了。

在這首詩中，阿道・巴辣夫爲保留詩的族群性，不得不大量使用了仿阿美語的漢譯語言，這是在無法使用母語創作，而不得不做出的妥協。

這是台灣各語族作家，無法直接使用母語，而只得借用華語創作以求流通方便的共同處境和困境。

即便如此，又有誰阻擋得住海濤和大漩渦的力量呢？

五、外國詩作

石川啄木（一八八六～一九一二）

日本明治時代詩人、小說家與評論家，本名石川一（Ishikawa Hajime），筆名石川啄木（Ishikawa Takupoku）。早期詩歌帶有浪漫主義色彩，其後起筆寫小說，創作由浪漫主義轉為自然主義；一九一一年因明治政府迫害進步人士，思想開始轉變，逐漸傾向批判現實主義。其詩歌突破短歌「五七五七七」的傳統形式，創造散文式的三行書寫短歌。取材自日常生活，文字淺顯易懂，因此而有「生活派詩人」、「國民詩人」之稱。

從子宮連結的夢

——讀石川啄木有關母親的三首詩

胎兒在母親子宮的情緒是什麼？

舒服嗎？安適嗎？

也有著憤怒嗎？恐懼嗎？

沒有人有這樣的記憶吧？

我們僅有的可能的猜測，只在今日超音波掃描，看到胎兒活動的情況，才能用「移情」的方式忖測。胎兒會踢打、呵欠、伸展四肢或不安蠢動……。我們看到這些，甚至看到臉孔情緒的變化，這一切來自科學，忖測也依循科學。

胎兒會作夢嗎？我們大人大概都作過「漂浮」的夢，醫學家說：有部分根植於胎兒時期漂浮於羊水中之印痕。

那麼，胎兒會作夢嗎？胎兒夢見什麼？或說，成爲成人的我們，會夢見胎兒時代的夢嗎？

胎兒的夢會連結母親的夢嗎？

石川啄木和母親哀傷連結的一生，使我唸了爲之潸然，久久無法自已。

啄木的一生坎坷，但他的短歌詩句卻率眞如嬰兒，雖然經常也煥發著自憐的淚光。但就因這種自憐，我們才看到他與母親自胎兒開始連結的這種動人的夢吧。

●

開玩笑似的背起母親
意想不到的輕，使我哭泣
向前走不出三步

●

醒來　起不了床
妳兒子可悲的習慣
母親啊　請勿責怪

●

一塊泥土
用口水捏出母親的肖像
令人傷心啊

一九一二年四月十三日，石川啄木因肺結核而過世，享年二十六歲。之前的一個月，啄木的母親先過世，死因也是肺結核。

從子宮開始，啄木和母親的臍帶都連結著。他們悲傷的夢也連結著。

伴唱者的悲喜之歌

——讀石川啄木有關妻的詩

●

妻子從前的願望是
音樂呀
現在久已不唱。

●

背著孩子
進入風吹雪的車站
妻子送別我的眉頭啊。

●

朋友看來都比我有成就的日子
買了鮮花
討好妻子。

●

斥罵小孩，唉啊，這可憐的心啊

只是發高燒時的習慣

妻啊，不要這麼認為。

●

想被拋棄的女人

那一日我妻的舉止

注視著大麗花

這是擷取自石川啄木諸多描述自己與妻子坎坷之愛的詩篇中的五首。這五首詩簡略敘述了石川啄木和妻子哀愁的人生，短暫夫妻之緣的悲與喜。（兩人都只有短暫人生，啄木活了二十六歲，節子也差不多同年齡，兩人也都因肺結核去世，相隔約一年一個多月。）

啄木與妻子堀合節子，在盛岡中學時期即認識，陷入熱戀。石川啄木的熱戀，使他學業一落千丈，兩次期末考試作弊，最後被學校開除。

啄木和節子結婚後，啄木為了生計當了小學代課教員，後來又到北海道，希望在北國找到文學新天地，他在北海道博得文名，但工作卻始終不順利，一年換了六次工作，在各小報間輾轉當校對、記者、編輯，生活並不穩定，偏偏生活拮据的啄木又風流倜儻，人長得帥又天眞，與藝妓小奴愛得死去活來。

啄木率直天眞的個性，和同事多有磨擦，遂辭去工作往東京闖天下，卻把妻子與家人託給友人，自己一人往東京追逐前途。

第一首詩和第二首詩，就是啄木在這種情形下寫下的，一種歉疚，面對生活困頓而遭致妻子節子也跟同受累的不捨之情。尤其第二首，看著妻子背著孩子，在風雪之中的小車站離別的無奈和自責，實不忍卒讀。

「夫妻」到底是一種什麼樣的關係？或說是一種什麼樣的存在呢？有人說是「失去的一半去尋找另一半」，也有人說是「自己的倒影」，所以很多怨偶並不明白，他（或她）討厭的另一半，其實就是「自己的倒影」，他（或她）厭惡的妻或夫，無以忍受的，正是自己沒看到的自己的缺陷。

這樣說對堀合節子當然是不公平的。石川啄木作爲一個丈夫，從一般標準看誠然「不及格」，在經濟上，他沒能照顧好家庭，在愛情上也不忠貞，在他向朋友借錢之後，他並未把錢帶回家協助妻子扶持家庭，卻用在藝妓小奴上。

啄木是差勁的丈夫，差勁的愛人，但他的確是好作家。

世界上有幾個好作家是及格的好丈夫呢？比啄木更差勁的是杜思妥也夫斯基。向出版社借錢去賭博，因此寫了《賭徒》以還債，還完債，再借錢，再去賭，一生窮困，因此寫了《窮人》。

啄木稍比杜思妥也夫斯基好的地方，只在他對於節子的委屈是始終懷抱著歉疚感的，他經常掙扎於荒唐的歡場與對妻子的虧欠感之中。

朋友們看來都比我有成就的日子
買了鮮花
討好妻子

令人莞爾的短詩，經常犯錯的丈夫，對夫妻情感仍抱著絕對要有「鬥而不破」的底線，珍惜著，還算不致糟糕到無可挽救的男人，常做出對妻子「撒嬌」（塞乃）的小動作吧，看起來有點要賴皮、厚臉皮的小事，卻常是護持婚姻以及獲得妻子諒解的重要防線啊。

啄木與節子的婚姻是悲哀的，現實的困頓常使得節子實在無法固守年輕時代的「狂戀」熱度，但應該也因由啄木率眞，偶而由自憐發出對妻子的「塞乃」，勉強維持著可憐復可悲的夫妻之愛與婚姻吧。

但脫離現實的愛與婚姻，畢竟是沈重的啊，特別是啄木罹患肺結核之後，妻節子與母親又相處不和，夾在兩個摯愛的女人之間，敏感又無助的啄木，偶爾把脾氣發洩在孩子身上是難免的吧？但斥罵孩子只是爲了洩憤嗎？裡面隱藏著對自己無用的自棄吧？多悲哀的自棄啊。

斥罵小孩，唉啊，這可憐的心啊
只是發高燒時的習慣
妻啊，不要這麼認為。

愛妻節子和母親齟齬，最後終遭致節子難以再承受家庭惡劣的氛圍，竟攜女兒京子離家出走。後雖經朋友勸和，半個月後返回家裡，但此事對心思細膩而脆弱的啄木造成了巨大打擊。

現實困頓、貧窮、母病，而自己跟著也生病，啄木的黑暗生活好像永無止境，自年輕時代，就一直跟隨著他的愛妻節子，有沒有過後悔之心？我無法從留下的敘述中得到任何印證。但躺在病床上的石川啄木留下過一首如是的短歌：

想被拋棄的女人
那一日我妻的舉止
注視著大麗花

讀著這樣的詩，我無法不爲之淚下。

「當作家的太太很浪漫吧？」想到有一次有人如此問我的妻時，妻偶而露出迷離的苦笑。

艱難的人生，啊，艱難的愛。

一九一二年四月十三日啄木逝世，翌年五月五日，愛妻節子繼之過世，從中學相戀相守，過世只相差不到一年一個月，病名，皆爲肺結核。

註：啄木短詩中文翻譯，主要參考林水福教授〈一握之砂〉。

芭蕉（一六四四～一六九四）

日本江戶時代俳諧師，本名松尾金作（Matsuo Kinsaku），筆名芭蕉（Bashyou）、桃青（Tousei）、宗房（Soubou）。芭蕉將一般輕鬆詼諧、遊戲性的喜劇詩句，提昇為正式形式的詩體：俳句（十七音組成的日本定型短詩）。其詩作取材於自然萬物，並灌輸禪的意境，展示個人與宇宙的哲理關係，被譽為日本「俳聖」。

永遠的鄉愁

——讀芭蕉及啄木的懷鄉詩

在德川時代被日本國民稱爲「俳聖」的松尾芭蕉（一六四四～一六九四），生於伊賀國上野（今三重縣上野市），生平個性跌宕不拘，爲追尋詩及人生的意境，大半生旅遊於外，「詩之道」如同他的「生之道」，也如同宮本武藏「武之道」即其一生的「生之道」，睹了性命的追尋「文之道」或「武之道」，意義上其實是一樣的。

尤其松尾芭蕉的北陸之遊，經由日光路、奧州路、出羽路、北陸路，出發之時松尾芭蕉即已抱定如因此病逝途中，成爲路邊枯骨亦無所憾，幸運的是，他歷經千錘百鍊，終歸平安歸來，還完成傳世千古的《奧之細道》；吸引李登輝前總統年邁之時猶念念不忘，歷經外交折衝，終於去走了「一小段」過癮一下。

一生灑脫不拘的松尾芭蕉，眞能如他的「俳句」，把葬身之所即當作故鄉嗎？

●

羈旅千秋
卻指異鄉江戶
說是故鄉

這詩句的確是把日本任何地方，都可比如江戶般，只要安適下來，每一地都是繁華燦然之地吧。

但是，我後來也唸到芭蕉晚年偶返故鄉，在舊日情景觸動下，感極而如此寫下的詩句：

●

回到故居
手摸臍帶潸然
又逢歲末

江戶時代的日本鄉下，有替初生嬰兒留下臍帶的習俗，用意也在孩子長大之後，有朝一日萬一遠飄他鄉謀生，也不要忘記，故鄉仍留存有他與母親或故土「子宮」相連結的臍帶啊。

想到此，我突然想起兩年前，有一次，我意外接到故鄉妹妹送來媽媽帶給我的一包米，那包裝簡陋的米包上，只寫了媽媽的名字，什麼也沒說，但當我接到那包米，由管理室走回住居地時竟泣不成聲。

〈米〉

媽媽託人帶來一包米
沒有附帶任何一句話。

上星期回家看她
臨走
她盯著我看：
不要太委屈自己

家裡多得是米。

我出生時
媽媽正在田裡工作。
肚子痛
回家生了我
那是稻子抽穗的季節。

「生你時，包衣和臍帶被產婆埋在稻田裡。」
媽媽最近常笑談這個故事。

媽媽送來和我臍帶相連的一包米
我如何食這包米？
我如何不食這包米？

松尾芭蕉看到他遺留在故鄉嬰兒時代已然乾癟的臍帶，只以強作淡然的寫下「又逢歲末」，那是芭蕉惺惺作態，我可以體會他平淡詩句下心情的波瀾激越。

相對於松尾芭蕉的思鄉詩，我的詩顯得濫情，而衡量之下，啄木寫「懷鄉之詩」的時候，不認爲自己是個詩人，他純然是個率眞的哀傷的人：

●

有如生病
思鄉心緒湧現的日子
看到藍空的煙也悲傷。

●

懷念家鄉
到上野車站的人群之中
聽聽那鄉音。

●
故鄉的路旁
拋棄的石頭啊
今年被草掩埋了吧

●
從前
我丟在小學屋頂上的球
不知怎麼了

●
有如被拿著石頭追趕
逃離故鄉的悲傷
無消失之時。

石川啄木因中學時和同學女友（後來的妻子）堀合節子熱戀，學業一落千丈，又因兩次期中考作弊被學校開除。

父親是故鄉曹洞宗寶德寺住持，因滯納宗費被停職。啄木一家離開家鄉的時候，是以相當狼狽的姿態離去的。

後來啄木流浪到北海道任職不順遂，又轉到繁華大都會東京追求文學前途，屢經人生頓挫，最後以二十六歲英年去世於東京。

據說，啄木離開家鄉之後似乎到死從未返鄉，但他卻寫了許多有關家鄉回憶的短歌，每一首都動人肺腑，或者，啄木是否也曾不動聲色，偷偷返鄉過一次或更多次嗎？

或者，又或者……啄木只是在夢縈迴繞之際，不停地在夢境中返回故鄉？

今天，在石川啄木唸中學的盛岡火車站附近，豎立著紀念他的詩碑。

那是他無數次只能在夢中，卻無法回去的故鄉。

父子情之器

——讀石川啄木有關親子情的詩

石川啄木一直是日本國中小「國語課本」中收錄的短歌詩人中，最常被收錄的前三名，最近一次由飛鳥勝幸所調查從一九九九～二〇〇三年，各種教科書總計收錄的短歌十大名詩人，石川啄木占第一位。

石川啄木的短歌，用字淺白、朗朗上口，但有人說他的詩太簡單，這是膚淺的看法，文字淺白的詩並不等於「容易的詩」，禪宗有很多偈語，每一個字也許你都認識，但你能斷然說你就明白瞭解嗎？

文字的使用如同騎馬，在一條固定跑道上跑馬可能是較容易的，給你一匹馬，在一望無際的草原上任由你奔馳，你會覺得更容易嗎？越簡單的事其實往往是最難的，詩的語言、意境，你更可以如此看待，特別是石川啄木的詩，他的詩如冰山，你看到七分之一露出海面，但情感卻有七分之六沉在海面下。

日本中、小學選入啄木的詩在國語課本中，很多日本人在小學都唸過他的短詩，但直到他大學畢業，恐怕還有很多人沒看懂他的詩。

啄木的詩之所以迷人就在於此，啄木是天眞的人，但他的詩一點也不單純，它沉澱著太悲哀的人生體驗，這種生命的純然重量有人一輩子也不會懂，也許他一輩子都從未體驗過。

作爲詩人，啄木的確是天才橫溢，但作爲一個人的一生，他的命運未免太乖桀。

二十六歲早逝，前一年母親逝世，後一年妻子過世，三年中，最親近的人死去，中間自己死去。

這還不是他最悲慘的遭遇，二十歲生長女京子，窮困潦倒，孩子養不起時，由妻子一起回娘家暫住，二十四歲生長男眞一，不到一個月夭折，二十六歲四月十三日啄木因肺結核辭世，死後二個月，次女房江出生，來不及見父親一面。

這到底是什麼樣的人生啊！

●

東海的小島海灘
我淚溼了白砂
和螃蟹玩耍。

這是啄木詩中，最讓人朗朗上口的，率眞、浪漫，如同兒童清淨的靈魂，當我們朗誦這首詩，那如天使的影像，彷彿就在我們眼前。

但啄木是天使嗎？也許，但他是天堂裡最悲傷的天使吧？

每一次當我唸到他爲兒子眞一夭折而寫的詩時，沒有不淚流滿面的。

●

夜晚遲遲
從上班處回來
緊緊抱住死去的孩子。

●

如純白的蘿蔔開始長出

出生

不久就死去的孩子。

●

聽到家人說

臨終時輕輕哭了二、三聲

淚湧而出。

●

悲傷

到天亮為止還殘留

啊，斷氣的我兒肌膚的餘溫。

我三十二歲那年，失去了我最好的寫作上的摯友鍾延豪，他在大好青春，小說佳作連連，文學界一致看好的年齡，卻在一場意外的車禍中喪生，我悲傷一整個星期，如行屍走肉，一想起他，即便是在人行道上走著走著，也會蹲下飲泣。

後來，鍾鐵民老師告訴我，他寫信給他的父親鍾肇政老前輩，並安慰他喪子之痛。

老前輩的回信只有四個字「了無生趣」。

那是最絕望的悲傷的語言吧；比所謂悲哀更無以形容的最最沉重的悲哀吧。

由生者去看死者的悲傷已如此，如果換過來，每一時每一刻明知道自己已一分一寸走向死亡，而天眞無邪的自己的孩子，卻沉默地看著自己呢？

啄木二十五歲年初，已明白自己的病情已無可救藥了，每日靜靜聽著自己呼吸發出有如唧筒打氣一般的聲音，只能躺在病床上自憐地傾聽死亡的腳步聲。

●

我一呼吸
胸中有聲音鳴叫
比寒風更寂寞　那聲音。

啄木明白死亡早晚到來，但孩子呢，才五歲大的孩子呢？孩子也許不明白死亡是什麼，但孩子眞體會不到死亡的氣息嗎？從父親啄木眼中看到的孩子敏銳而無法躲避的目光，作爲父親的啄木心裡想些什麼？

●

讓小孩坐在枕邊
仔細看他的臉
小孩逃走了呢。

●

到底想什麼呢？
扔掉玩具，乖乖地
來到我身旁坐下的我兒。

無法再寫下去了，啄木與孩子「砂之器」一般脆弱易碎的人生的緣份，就此打住吧。

註：參考林水福教授〈一握之砂〉，有鹿文化公司。

金芝河（一九四一～）

南韓詩人、社會運動者，本名金英一（Kim Yong-il）。曾於一九六〇年組織韓國四一九革命，抗議和推翻李承晚政府，遭到政府拘留。一九七〇年發表詩作《五賊》，遭朴正熙以共產黨之嫌拘留，於獄中寫下多首詩作，一九八〇年才遭釋放。詩作主題包括對社會現實的深刻批判、被壓迫者及窮人的憤恨、農民與無產階級貧乏的喜悅等諷刺題材。

飢渴的美麗山河

——讀南韓詩人金芝河的〈去漢城的路〉

不能不向前去
不要哭喲　不能不向前去
翻越白的　黑的　飢渴的山巔
腳步也沈重
不能不　向漢城
去　販賣　春

什麼時候可以回來呢
什麼時候可以　滿溢著明朗的笑容
光榮炫耀地回來呢
像解去緞帶（註）的事是不合被要求的

不能不向前去喲

不要哭喲　不能不向前去
即使　墮落於如何艱辛的命運
遺忘得了白粉的花嗎　遺忘得了椿油的香味嗎
沒有辦法遺忘的事
哭泣著回到夢鄉的事
受星光的引誘而回歸的事

不能不向前去
不要哭喲　不能不向前去
翻越飢渴的山巔　晴空也在抱怨著
不能不　向漢城
去　販賣　春

譯註：韓國少女習慣於長髮尾端繫飾以鮮艷顏色的緞帶。

這是南韓詩人金芝河的詩〈去漢城的路〉。

我一九七九年第一次去漢城（現在改名爲首爾），一個韓國朋友向我介紹金芝河這個詩人，然後在一個韓國畫家的小型畫展上，那是一個小地下室的空間，我的朋友朗讀了金芝河的詩。

我不懂韓文，但我被雄渾的詩韻震懾。

那個時候金芝河還在監獄中，據說被朴正熙判重刑，後來減刑坐牢八年。

寫詩，會被判重刑，兩度坐牢。

我當時好正義又帶點英雄主義的心，深感憤怒，韓國朋友要我說幾句話，我沒評論朋友畫作，但慷慨激昂爲自己並不明白的金芝河說了幾句話，我認爲如果是一個民主的政權，絕不應該爲詩人的詩，而抓他坐牢。韓國朋友給我熱烈的掌聲。

那是朴正熙還很猖狂的時代，他不久就被他部屬 KCIA（韓國中央情報局）局長金載圭開槍射殺了。

我後來到《民眾日報》當藝文主任，我找到了一個明白韓國詩壇的朋友翻譯，並以整版的副刊版面刊出了金芝河的長詩〈五賊〉等詩篇。

奇異地，在台灣那時的政治氛圍下，我竟接到了很多電話，有讚許的，也有一通間接警告的；說，我爲何不明白金芝河是共產黨，是韓國「欽命要犯」，而且我刊那些詩，是否也在暗示著國民黨的政府也如此腐敗？

是的，當時國民黨政府的確腐敗，甚至更腐敗，蔣家專斷獨裁更甚朴正熙。

但，我們沒有金芝河，我們沒有〈五賊〉這種浩浩蕩蕩，直指腐敗源頭的長詩。那一天的副刊，我知道有一些朋友至今仍收藏著。

在這些被翻譯的金芝河的詩中，有一首叫〈去漢城的路〉，深深打動了我，這是一首含蓄著優美旋律和鮮明的印象，又飽含抗議意志的好詩，後來在《笠》詩刊三〇一期，陳明台再次把它翻譯了一次，附加上李敏勇的註釋和解說。

金芝河的詩大都用字淺白，意象剛強清晰，譬如他有一首名詩叫〈禿山〉：

禿山，
再沒有誰來登攀，
一座光禿的山。

孤零零的心，
光禿禿的山，
太陽和風，
在呼號、交戰，
啊啊，光禿的山！
縱然我們死了，
喪與也難以到達的遙遠的山，
光禿的山！
白晝顫抖得太久了，
已顫抖得疲憊不堪！

此刻，在深深的泥土裡，
在緘默不語的山脈中，
埋藏著，埋藏著的火炭，

誰能知道明天不會變成火花飛濺！
攥著滿把泥土呼號的人啊，
要死，就死在那裡吧，
永遠、永遠地在那裡長眠，
啊啊，光禿的山！

明天，也許會有火花飛濺！
明天，也許會長出一棵青松，
挺立於山巔！

這是何等氣魄，何等鏗鏘有力的詩句，金芝河文如其人，勇猛反抗獨裁，勇猛反抗腐敗，痛罵貪官污吏，也直斥獨裁軍人。金芝河的詩，經常在學生遊行的場合被高聲朗誦，也因由於它要被在群眾場合中朗誦吧，他的詩的語言必須直率明白，不轉彎抹角，而且要唸起來斬釘截鐵，因此，在事件過去後，冷靜下來看他的詩，有些就覺得太淺白，失去了張力，但，詩到底是什麼呢？金芝河，那在街頭朗誦詩的人，自有他不同的看法。

在金芝河眾多的詩作中，奇異地，這首不算很長的詩〈去漢城的路〉，卻一反常態，深深刻在我的腦海裡，只要談到韓國的詩人，甚至包括具常，大部份時候，第一個浮上我腦際的竟就是金芝河的這首〈去漢城的路〉。

不能不向前去
不要哭喲　不能不向前去

詩的第一、二句，就緊緊揪住了我們的心，一個剛成年的少女（更可能是還未成年的少女），在山路踽踽獨行，詩人用最溫柔的語言勸慰著：「不要哭喲 不能不向前去」。

翻越白的　黑的　飢渴的山巔
腳步也沈重
不能不　向漢城
去　販賣　春

原來，從窮困的偏遠的山村，走遠路，爬上白的「積雪的」，黑的「玄武岩的顏色」，飢渴的山巔。那步履沉重的少女，是不能不走往漢城，要去「賣春」的。

在獨裁的政治獨斷實施的「國家資本主義」，經濟發展不是「把人看在眼裡的經濟學」（舒馬赫之語），爲追求國家「大發財」，農村的低階層勞力，不配合政府經濟政策，就會成爲被淘汰者，在生存、死亡的邊界游移。

荒僻的農村，要挽救一家的生計，家裡的女性，不是流入「加工出口區」成爲廉價勞工，就成爲更悲慘的「聲色場合」的性奴隸。黃春明的〈看海的日子〉，王禎和的〈玫瑰，玫瑰，我愛妳〉，不就是描述著台灣這樣的背景？而在時代大變動的時刻「戰爭也是一種」，在台灣，我們時常窺見女性悲劇的背影（台語歌〈後街人生〉、〈人客的要求〉），但我們從未正面去看這時代女性的悲哀歷史，我們無知的下一代，甚至還經常用快樂的節奏，唱著前時代女性的悲歌呢。

金芝河的這首〈去漢城的路〉之所以打動我，使我一唸便終身難忘，就是因爲它抒情優美的詩句，對比一個無法用詞語去述說的悲哀和羞恥的「民族的恥辱」，這是何等勇敢而清醒的批判，這對好面子的韓國人是何等難堪，所以很多人罵他「賣國賊」，如魯迅當年也常被盲目愚民扣上「賣國賊」帽子一般，國民黨甚至還再三想暗殺他！

〈去漢城的路〉，使我唸得痛哭流涕的是這一段：

不要哭喲　不能不向前去
即使　墮落於如何艱辛的命運
遺忘得了白粉的花嗎　遺忘得了椿油的香味嗎
沒有辦法遺忘的事
哭泣著回到夢鄉的事
受星光的引誘而回歸的事

不能不向前去
不要哭喲　不能不向前去
翻越飢渴的山巔　晴空也在抱怨著
不能不　向漢城
去　販賣　春

在金芝河詩中的「漢城」事實上，就是他長詩〈五賊〉居住的「場所」，象徵著一個「罪惡淵藪」的惡地；而綁著紅色緞帶的少女來自純樸韓國農村「原善的場所」，卻被逼迫得要越過白的「積雪的」，黑的「山的稜線」，到漢城去投身惡地，以「賣春」維持家鄉的生計，丟棄「原善的韓國村莊場所」，一入罪惡，即便哭著回去還找得回失去的「原善的場所」嗎？

現在南韓無論在經濟上、文化產業上都已站上了世界的舞台。

我對南韓有特殊的感情，我在韓國有過深刻的友情，我永遠記得如詩中的「在髮端綁上紅緞帶」的韓國青春女姓的率眞形象。

今天在電視上，只要出現有關韓國的新聞，我都會格外關心。尤其，這些年韓國影視界拍了一些「民主抗爭時代的電影」，我曾在韓國身歷其境。我看電影時，都關心注意它的每一個細節，試想著它和我可能的記憶連結。

但韓國人今天似乎都已忘了金芝河。台灣人不知道也不想知道金芝河是誰？金芝河，您還存在世間嗎？韓國人也許發財了，韓國人卻是亞洲自殺率最高的國家。爲什麼？看起來，遺忘民族靈魂的不只是台灣。

薩姆殊爾・拉赫曼（一九二九～二〇〇六）

孟加拉詩人，全名薩姆殊爾・拉赫曼（Shamsur Rahman）。長年從事記者及雜誌編輯。創作文類以詩為主，兼及小說、短篇故事和翻譯。一九六〇年推出第一本詩集，其後累積六十餘本作品，詩作題材多涉及自由、人道主義、人際關係、青年抗爭、孟加拉社會事件以及對基本教義派的批判，是孟加拉文學的重要人物。

宛若飛翔

——讀孟加拉詩人薩姆殊爾．拉赫曼的〈自由頌〉

自由呀，你是
泰戈爾永恆的詩、不朽的歌詞。
自由呀，你是
卡濟．納茲魯（註①），堂堂男子漢，
創作中自得其樂，歡樂無窮。
自由呀，你是
國際母語日在烈士碑前的熱烈集會。
自由呀，你是
掛國旗、呼口號的熱鬧遊行。
自由呀，你是
農夫在田中喜洋洋的臉孔。

自由呀，你是
村姑在中午池塘裡輕快游泳。
自由呀，你是
技術工人曬黑手臂上的強壯肌肉。
自由呀，你是
自由鬥士在昏暗荒涼邊境斥候的炯炯目光。
自由呀，你是
精力充沛學者在榕樹下鏗鏘演講。
自由呀，你是
小吃館、公眾聚會、公園裡嘈雜閒話。
自由呀，你是
西北雨橫掃火熱水平線的轟隆巨響。
自由呀，你是
梅格納河（註②）心臟，沙望月（註③）漲潮海岸。
自由呀，你是

父親有天鵝絨觸感的遊俠跪墊。
自由呀，你是
母親鋪展在院子裡的樸素沙麗花紋。
自由呀，你是
妹妹細柔手上的指甲花色調。
自由呀，你是
朋友手持生動標語牌的閃亮星星。
自由呀，你是
妻子烏黑秀髮在野風中狂亂。
自由呀，你是
小男孩的五彩無領長袖襯衫。
小女孩幼嫩臉頰上嬉戲的陽光。
自由呀，你是
花園內的家，噪鶥啁啾。
古榕樹颯颯不停的樹葉。
我的詩簿，隨時高興就寫詩。

註：

①孟加拉詩人、音樂家、革命家。

②孟加拉重要河川，形成恆河三角洲，三大河流之一。

③沙望月。約翰聖書第五月最神聖之月。

這是孟加拉偉大詩人薩姆殊爾・拉赫曼的詩〈自由頌〉。

以前，我未唸過拉赫曼的詩，看到這首詩是在台灣詩人李魁賢翻譯的《孟加拉詩100首》（台北秀威出版），隨手翻閱時看到的。

對孟加拉我是陌生的，我從未去過那兒旅行，我知道有關孟加拉的知識，是由簡單的旅遊書中的地理、歷史介紹。

但我知道，印度自英國殖民統治脫離獨立前的大詩人泰戈爾，以現在來看，他的故鄉在孟加拉。所以，泰戈爾寫的詩同時成爲印度和孟加拉兩國國歌的內容。

我知道僅限於此，如同我知道悉達多太子以今日論，故鄉在尼泊爾境內，李白的故鄉在今日吉爾吉斯共和國碎葉城。除此之外，我對拉赫曼及孟加拉一無所知。

不，如果硬要說，我對孟加拉還有一點點感覺，那就是我聽過盛行於北印度和孟加拉的奇特音樂——興都斯坦尼音樂。

興都斯坦尼音樂，是非常獨特的音樂，一般人誤認爲它是宗教音樂，但它其實不是，它是純粹的音樂，除了多種樂器伴奏，它的主調其實是吟哦的聲樂，悠長的音樂吟哦，奇妙的「音階」，和西方現代全然不同，它的旋律，有時一次可以長達三十分鐘。

興都斯坦尼音樂是北印度及孟加拉地區所有人民皆熟悉的音樂。重要的是，隨附音樂的吟哦的就是「詩」。由偉大詩人們寫的詩。所以興都斯坦尼音樂的靈魂就是詩。

在這種詩與音樂的國度，詩就是大眾心目中最重要的文學形式，而爲眾人周知，小說成爲了其次。

泰戈爾、薩姆殊爾·拉赫曼，就是在這種詩的國度出現的卓越的詩人。印度、孟加拉連國歌〈金色孟加拉〉都是跟隨著詩的韻律產生的，國民在唱國歌的時候就是同時朗誦詩（台灣中華民國國歌在唱什麼？）。

從這樣的理解來看拉赫曼的〈自由頌〉這首詩，就容易進入它的核心地帶了。

這首詩就像一首〈自由頌〉順著興都斯坦尼音樂而流動的音樂之河，又像在漫無限制的空中自由翱翔的小鳥。

一會兒如「村姑在中午池塘裡輕快游泳」。

一會兒又如「西北雨橫掃火熱水平線的轟隆巨響」。

一會又如「母親鋪展在院子裡的樸素沙麗花紋」。

甚至也如「妹妹細柔手上的指甲花色調」。

最後，成爲「我的詩簿，隨時高興就寫詩」。

完全陶醉的鳥兒，在自由的世界任意飛翔的清晨、正午、黃昏、河流、森林、屋角……也化身爲千風一般，想在何處興起，何處消失，來去無踪。也如千變萬化的仙術，變指甲花、織布紋、雷鳴、戰士的炯炯目光……

但孟加拉的自由，眞的如此嗎？

孟加拉在立國的過程中，爲了追求語言、文化的自由不受箝制，發起獨立戰爭，犧牲了三百萬條人命！只爲自由使用自己語言的權利。

孟加拉的文化翅膀曾經被政治綑綁，甚至被以利剪剪去。

拉赫曼的〈自由頌〉，其實經歷過血跡斑斑。

因爲曾經失去，經過艱辛的戰鬥再度獲得，所以「自由」才顯出它的珍貴。失去翅膀再重獲飛翔能力的鳥或者更抽象的「風」，是一種什麼樣的存在呢？

自由，無所不在；因爲，失去自由、失去語言時，它的戰場也曾經無所不在。

在「我的詩簿，隨時高興就寫詩」。

這豈是簡單的事，它曾是一座山壓在腦袋上的重量。而現在，沉重枷鎖脫去，心靈重新宛若飛翔。

國家圖書館出版品預行編目（CIP）資料

在轉角，為愛朗讀 / 吳錦發作 . -- 第一版 . -- 臺北市 : 玉山社出版事業股份有限公司 , 2020.12

面； 公分
ISBN 978-986-294-264-2（平裝）

1. 詩評

863.57 1008013530

在轉角，爲愛朗讀

作者 / 吳錦發
發行人 / 魏淑貞
出版者 / 玉山社出版事業股份有限公司
台北市 106 仁愛路四段 145 號 3 樓之 2
電話 / (02) 27753736
傳真 / (02) 27753776
電子郵件地址 / tipi395@ms19.hinet.net
玉山社網站網址 / http://www.tipi.com.tw
郵撥 / 18599799 玉山社出版事業股份有限公司

副總編輯 / 蔡明雲
封面繪圖 / 馬尼尼為
行銷企劃副理 / 侯欣妘
業務行政 / 林欣怡

法律顧問 / 魏千峰律師

定價：新台幣 380 元
第一版第一刷：2020 年 12 月